Ou liefde roes nie

HELEEN BRUWER

Malherbe Uitgewers Publikasie

Outeur: Heleen Bruwer
Voorbladontwerp: Ria Richards

Geset in Franklin Gothic 12pt

ISBN 978-1-991455-64-2
Eerste Uitgawe 2024

Hoofstuk 1

Mari sug as sy terugdink aan haar jeugjare. Sjoe, wat 'n spesiale tyd was dit nie. Sy weet sy is 'n mooi vrou, al is sy nou baie naby aan 'n halwe eeu, nog net vyf jaar dan is dit die groot vyftig! Dankie tog haar ma was van skotse afkoms, dit tel verseker in haar guns. Sy het 'n seepgladde vel en sy weet haar rooi haarkleur kan nie deur 'n boksie of buisie vervang word nie en nog minder haar natuurlike krul.

Daar gaan die tuinhekkie oop, wonder wie is dit? Ek verwag nie enige pakkies nie, nog minder mense. Hemel weet, ek is nog in my pajamas! Dis al elfuur, maar ek is mos nou alleen hier besig om my bokse uit te pak... Wie die josie kan dit tog wees? Seker iemand wat verdwaal is.

"Hemel tog, hou op die klokkie druk asof julle dit deur die kosyn wil druk! Ek is nie doof nie!" gil Mari vir wie ook al by die voordeur is.

Op pad deur toe dink sy dis vir seker tyd vir opgradering vir 'n nuwe klokkie, die ding wat nou hier is kom uit Noag se ark. Verergd ruk Mari die deur oop, maar val amper onmiddellik flou! Lewensgroot staan Japie, haar ou skoolliefde, voor haar deur...

1

Ag aarde sluk my in! O nee, ek wil hom vertel hoe ek voel... Nee genade, hy kan my nie só sien nie! Haar kop spin in sewe verskillende rigtings gelykertyd! Wat maak ek nou?

Japie, soos altyd, is dood kalm: "Mari, hallo, maak asseblief vir my oop. Ek soek koffie."

Ewe getrou nes 'n graad een kind maak sy maar oop, nie seker wat om te verwag nie. Nog minder wat om nou eintlik te doen anders as om opsy te staan dat hy kan inkom. Hemel, hy het wragtig nog langer geword as wat sy kan onthou... Of nee wag, dalk is dit ek wat gekrimp het.

Vaderland, Japie, kom in en besluit op watter boks wil jy sit, dink sy vieserig soos sy kombuis se kant toe stap. Haar fles van die pad het nog koffie in. Iewers in hierdie spul bokse is 'n ketel, maar vir nou moet hierdie kasaterwater van haar die man gelukkig maak.

Hoe het hy geweet sy het tannie Ann se huis gekoop? Niemand behalwe Marissa het geweet van haar planne nie. Jinne, Marissa is in groot moeilikheid as sy kan uitvind sy het haar geheim verklap! Noem dit nou 'n blerrie vriendin!

Toe Mari omdraai sien sy hy het hom heel gemaklik tuisgemaak op een van die kombuiskaste en swaai sy lang bene heen en weer. Dit is duidelik niks gaan hom aanjaag nie. Heimlik wens sy die koffie is so sleg, hy spoeg dit uit en verdwyn, tog wil sy graag hoor wat is op sy hart dat hy hier kom draai het? Wat soek hy?

Japie maak keelskoon en haar hart wil-wil so ampertjies gaan staan van skrik! Hoe aantreklik klink die keelskoonmaak dan nou?

Nee, betig sy haarself, dis mos nou pure lawwigheid hierdie! Gedra vir jou, allamapstieks! Jy is mos nie meer sewentien nie.

Baie ernstig byt sy haar onderlip vas en kyk hom stip in die oë. Hemel tog, daai donkerbruin sjokolade oë is nog net so mooi soos op skool.

Ag nee, flippet Mari, stop onmiddellik!

Japie begin om skor te praat. "Ek weet jy wonder wat maak ek hier, en seker ook hoe het ek geweet jy is hier? Ek het laat gistermiddag van Welkom se kant af gekom, en kon sweer dit is jy wat voor my gery het toe ek by die rooi Toyota verbygaan. Toe stop ek eerste by Marissa, en ja, wees maar kwaad, ek het haar gedwing om my te vertel waar jy is en wat jy doen. Sy is nog al die tyd 'n sucker vir 'n doughnut … en dis hoe ek geweet het jy is vir seker hier by tannie Ann se huis.

"Jy weet, die hele dorp het maande lank gegons oor wie tannie Ann se huis voetstoots kontant gekoop het? Hemel vroumens, weet jy watter geskinder het jy hier in die ou dorpie veroorsaak? Gits weet, die jong dames dollie hulleself al vir weke lank op en hang onnodig in die dorp rond vir kwaadgeld, want dalk … ja net dalk, daag die geheime koper by die huis op! En dan praat ek nie van die besimpelde jong mannetjies nie, vir elke bout of moer donner die goed dorp toe!"

Mari kyk skewekop na hom. "Is dit my skuld? Regtig waar mý skuld? Ek wou net na al die ongelukkige jare in die stad teruggekom het na waar ek weet my hart sal rustig wees. Marissa het my vertel van tannie Ann se huis en dat haar kinders glad nie belangstelling toon om terug te keer SA toe nie. Sy het alles bemaak aan die Moeggesukkel-projek in Pretoria. Selfs die huis se geld is direk na hulle toe. Ek het al my persoonlike meubels aan hulle geskenk, want die enigste voorwaarde van tannie Ann was, dat wie ook al haar huis koop, die meubels ook moet neem.

"Ek het van my persoonlike skilderye en ander items laat kom met 'n treklorrie, die res is alles na die Moeggesukkel-projek! Ek begin hier van voor af, as jy mooi dink, Japie. So is dit regtig so 'n moerse sonde dat ek dan nou teruggekom het sonder jou of ander se goedkeuring? Ek het niemand se toestemming nodig nie, ek leef my eie lewe! Jy was nie deel van hierdie besluit nie, ek het meer as twintig jaar nie met jou kontak gehad nie."

Japie sluk sy koffie sonder om iets te sê. Toe sy sien, staan hy reg voor haar. Hy druk haar styf vas, haal diep asem en sê: "Ek is goddank bly jy is terug, meisiemens. Ons praat weer. Dankie, jou koffie was soos manna op my tong..." Hy gee haar 'n piksoen op haar kroontjie en loop fluit-fluit uit.

Mari staan en knyp haarself. Het sy nou hierdie scenario in haar kop beleef, of was hy nou regtig hier binne in haar nuwe tuiste? Sy kyk af na haar voete en begin histeries lag, want tipies sy het sy wragtig twee verskillende pantoffels ook nou nog aan! Wat moet die man van haar dink na al die jare? Ag toemaar, sy sal dit sekerlik weer hoor van Marissa af ... O nee wag, sy gaan vir Marissa eerder nekomdraai wat haar so uitlewer aan die man wat na flippen al die jare wragtig haar hart so onstuimig kom maak!

So sleep die hele naweek verby. Mari pak uit, skuif, boor gate, hang skilderye, was gordyne en skuif kamers. Gee sommer hier en daar 'n muur nuwe kleur. Sy was nog nooit een vir roomkleurige mure nie, nog minder wit. Wit mure laat haar aan 'n hospitaal dink. Dis een plek wat sy ten alle koste eerder wil vermy.

Die sagte grys in die kombuis saam die room en rooi werk mooi, sy hou van haar hoender-tema. Dit staan vir haar mooi uit. Die TV-kamer is ook iets anders, wie sou nou kon dink haar houtwerkklasse van jare terug word nou behoorlik getoets. Dankie tog, sy weet hoe al die goed werk in die motorhuis. Tannie Ann se man, oom Frank, het die mooiste houtmeubels gemaak. Daar is nog steeds baie onbewerkte houtblaaie, sy gaan nog lekker kan speel en haar droom uitleef.

Die een muur lyk so "rustic" met die palette wat sy vertikaal en horisontaal vasgesit het. Saam met die donker koningsblou en giggelgeel kry die vertrek behoorlik lewe. Sy is so bly sy het nie haar poukussings uitgegooi nie. Jinne, dit lyk darem nou soos 'n behoorlike tydskrifprentjie!

Darem het sy meeste van die bokse uitgepak. Sy sal in die komende week die twee spaarkamers aanpak, die skeloranje en peppermintgroen laat haar gril. Sy moet eers bietjie dink wat sy hier wil doen.

Die hoofslaapkamer met sy on suite badkamer se mat moet uit. Sy verdra nie 'n mat onder haar voete nie.

Dit is wragtie al 'n hele drie weke later toe sy die tuinhekkie weer hoor oopgaan. Sy loer deur die studeerkamer se venster en haar hart bons in haar keel ... Japie is hier! Dis 'n Vrydagoggend, wat wil hy tog nou weer hier kom maak? Ek is besig om te skryf, vervies sy haarself. Sy wou nog dink aan 'n verskoning, toe hoor sy ou Martha nooi hom alte hartlik binne. Martha kom een keer 'n week om van bo tot onder skoon te maak en wasgoed te stryk, want dit is een ding wat Mari nie doen nie. Sy sal nog wasgoed was en kosmaak, maar nie stryk nie.

Sy sit rustig agteroor en skryf voort toe sy swaar voetstappe in die gang hoor. Japie het steeds na al die jare dieselfde deuntjie wat hy fluit, dink sy ingedagte en kry so 'n halwe glimlag om haar mond.

"Mag ek steur?" vra hy met sy basstem. "Die grootbaas het klaar vir my vertel ek mag jou nie onnodig pla nie, want jy is glo besig met baie belangrike navorsingstudie. Sy weet nie eintlik waaroor die studie is nie, maar sy weet jy werk tot baie laat in die aande aan die boek. Is dit so?"

Mari kry stil-stil lag vir Martha se manier van verduideliking van wat sy doen. "Jy mag maar pla, ek meen, jy is reeds hier, koffiebeker in die hand en al. Kom sit gerus, ek wil net hierdie paragraaf klaar tik, maar maak jouself asseblief tuis."

Japie laat hom ook nie twee keer nooi nie, hy gaan sit ewe gerieflik in die stoel asof dit spesiaal vir hom gemaak is. Hy sug baie diep, so diep dat Mari eintlik ophou tik en kyk waarvoor sug hy soos 'n stokou man van tagtig.

"Reg, Japie, jy het my volle aandag, waarmee kan ek jou help?"

Japie raak bloedrooi in sy gesig, vroetel daai groot hande heen en weer en toe sien Mari wragtig die sweetdruppels op sy voorkop raak. "Het jy maagpyn, Japie? Voel jy siek?" Sy peper vir hom so met die vrae, die arme man kry nie 'n woord in nie.

"Mari, daar is 'n dans môre-aand in die wit saal op Nampo se grond soos nog al die jare, sal jy asseblief saam met my gaan?" Japie rammel hierdie sin so vinnig af, hy is glads uitasem toe hy klaar is. Eintlik stokflou van senuwees.

Mari herkou die vraag vir so 'n rukkie en dit neem haar bitter baie jare terug na toe hulle nog in hulle prulle jeug was, jong en onverskrokke! Ai, hoe mis sy daardie tye nou...

Hulle was almal 'n lekker groep jongmense bymekaar. Die aangenaamste partytjies gehou en elke naweek gebraai. Feitlik nooit drank gehad nie, hulle was almal te platsak vir sulke luukshede, maar tog het dit hulle nie gepla nie. Hulle het gekuier om 'n kampvuur en geskoffel in die sand totdat die son menigte oggende opgekom het.

Sy onthou vir Armien, Andrew, Theo, Handriette ... en wonder waar bevind die klomp hulleself nou. Seker almal getroud met kinders, of dalk al selfs kleinkinders, who knows. Sy is so uit voeling met alles en almal na haar ouers se skielike dood. Sy is heeltemal alleen gelaat.

"Dit is reg met my, Japie, maar ek ry met my eie motor tot daar. Ek is vir te lank al gewoond om my eie ding te doen. As ek wil huis toe kom, wil ek nie in 'n dikbek man se gesig vaskyk nie, ek klim in my kar en kom huis toe. Dis my enigste voorwaarde. Billik genoeg?" Sy kan sweer sy sien verligting op sy bakkies!

Hy knik net skaam-skaam, ja. Hy vertoef nog so 'n paar minute in haar studeerkamer en verkas met sy gefluit in die gang af.

Martha sien hom af by die tuinhekkie.

Hoofstuk 2

Die manlike reuk van Japie hang dik in haar studeerkamer… Sy herken aan haarself dat dit 'n reuk is waaraan sy gewoond kan raak, maar dadelik sluit sy daardie gedagte af, want sy wil nie weer seerkry nie! Nie weer deur hiérdie man nie!

Martha kom skuifelvoete nader en begin skel: "Nee, my nonna, jy maak nie reg nie! Ek ou Marthatjie, sien sommer daardie groot man het die hart vir jou. Jy moet vir hom 'n kansie gee, hy sal mooi na jou kyk, my nooi. Daai man se hart is baie groot, ek ken hom al jare lank. My ou man, werk vir daai man se pappa van hy dertien is. Daai man se pappa het vir ons 'n steenhuisie gebou en vir ons die big screen TV ingesit dat ek elke aand mooi kan sien."

Mari lag maar net en vra wat is vir middagete om Martha te laat vergeet sy preek eintlik vir haar.

"Daar is beef stew met stampmielies, my nooi. Jy sien dan ou Jafta skoffel die groentetuin. Jirre, die plek is agteruit, my nooi, maar ek sien jy wil hom regkry. Ons gaan mooi groente plant. Jy moet net kansie gee."

Mari is dankbaar vir ou Jafta wat een oggend saam met Martha hier aangekom het, blykbaar vêr langse familie van haar. Nie meer so jonk nie, maar werk kan hy werk. Sedertdien het hy by die ruim buitekamer ingetrek. Hy hou homself goed besig in die groentetonnel wat tannie Ann en haar man nog besig was om op te rig. Mari is so opgewonde oor haar eerste oes!

"Martha, die kos ruik darem lekker," sê Mari soos sy kombuis toe stap. Heimwee lekkerte kom sit in haar neusgate. Hoe verlang sy nou nie na tannie Ann se groot potte wat altyd vol kos was vir die honger koshuisbrakke nie. Veral op 'n Woensdag en oor inbly naweke.

Dieselfde potte word nou gebruik as toe sy 'n kind in die koshuis was. Eintlik prentjiemooi om die koperpotte so te sien op die Agastoof. Selfs die oorspronklike kombuistafel het soveel mooi herinneringe. Geseënd is sy vir seker om hierdie absolute juweel te kon koop. Die kos is regte huiskos, vol opregte liefde. Jafta, met sy kraalogies en geen tand in sy mond, kom vra glads 'n tweede skaftien. Martha skel eers, maar sy skep op, want sy weet haar nooi sal nie omgee nie.

Dis so 'n heerlike samesyn, ou Jafta wat sing terwyl hy die tuin netjies maak, bitterlik vals, maar sy siel is gelukkig. Martha wat neurie terwyl sy stryk. En hier sit Mari in haar droomhuis, presies gebreek en gebou soos wat sy dit wou gehad het – en sy doen haar droomwerk – gee aanlyn klas en skryf boeke na hartelus. Stresvry en vol vrede ... Ja, vrede wat gekom het teen 'n baie duur prys.

So dink Mari terug aan haar lewe, en wat 'n op en af lewe was dit nie tot nou toe nie. Sy onthou haar skooljare en hoe sorgvry dit was. Die ongekende vryheid as jong tieners en hoe bederf hulle was in die koshuis deur tannie Christa en Daleen. Sy en Madie was beslis van die gunstelinge en het meer voordeel getrek uit die kombuis as die ander. Heimlik wonder sy hoe is dit om vandag in 'n koshuis te wees. Is daar steeds sulke streng dissipline as dit kom by studietyd in die studiesaal? Ja, dit was goeie tye. Dit het sekerlik al heelwat verander soos die tye ook maar verander het.

Sy onthou die matriekafskeid en hul ouers wat aan die anderkant van die saal gesit het, deesdae werk dit nie meer so nie. In hulle tyd het ouers dit nog bygewoon, dit was 'n spoggerige geleentheid. Dit was taboe vir 'n dogter om met 'n broekpak te gaan. Sy was mos reeds tóé al anderste en het met 'n broekpak gegaan tot almal se diepe skok. Sy onthou nog soos gister die skokgolwe en die oordeel kyke op almal se gesigte toe sy ingestap het. Almal het gegons: "Sy het 'n broekpak aan!"

Tog het baie water in die see geloop. Geld vir verder studeer was daar nie. Direk na matriek het sy begin werk by die oogkundiges, daarna by die koöperasie, toe die bank ...

Sy en Japie was maar van kleuterskooldae af maats en hulle ouers was groot huisvriende. Hulle het langs mekaar gebly ook. Een week het haar ouers hulle skool toe geneem en weer kom haal, die volgende week het sy ouers gery. Sorgvrye lewe eintlik, alhoewel dit nie so gevoel het nie.

Rekordeksamen het soos berg Ararat voor jou gelê, en die naels was omtrent gekou oor die simpel eksamen.

Mari het haarself later opgewerk in die bankwese en moes nog net een eksamen aflê om haarself as bankbestuurder te bekwaam, maar toe los Japie haar soos 'n sak warm patats en breek haar hart in seweduisend stukkies. Haar hart is só gebreek, sy donner oorsee! Ai, die lewe gooi lelike kurwes en draaie.

Maar, die soet kom saam met die bitter. Mari het gaan werk, getoer en lande gesien wat sy beslis nie sou kon sien as sy in die bankwese gebly het nie.

Sagte dankbaarheid kom spoel oor haar. Sjoe, waar het haar kop nou gaan draai? Sy knyp haar oë styf toe. Dit asof dit gister was … maar dis baie somers en winters terug. Prulle jeug ver weg van waar sy nou in haar lewe staan.

En nou staan sy voor die keuse van 'n dans, al weer saam met Japie!

Gits, wat sal ek aantrek? Ek het nie veel uitgaan klere nie, ek is mos maar 'n huishen. Moet ek nou môre-oggend ons ou dorpie invaar, of die naaste groot dorp aandurf?

Sy is nie betreklik gek oor te veel mense om haar nie, en dan nog die aan- en uittrek van klere in daai hokkies met die baie spieëls dat jy elke dimple en plooi kan sien!

Skielik slaan angs haar asem weg. Hierdie was 'n kak besluit!

Martha kom aangeskuifel met haar foon wat nie ophou lui nie. "Nooi, die ding bly skreeu in my ore.

Antwoord tog samblief, want die een soek jou haastig."

Liewe ouers! Veertien gemiste oproepe van Marissa af. Is daar fout? wonder Mari dadelik. Sy weet Marissa se dogter is nou sewe maande swanger met 'n tweeling, maar so ver sy weet verloop alles nog goed.

En net soos die noodlot dit wil hê, antwoord Marissa nie haar foon toe Mari haar bel nie. "Kom ek los dan maar 'n stemboodskap vir haar op WhatsApp..."

Sjoe, hoe gerieflik het ons dit nie deesdae nie, wonder sy dadelik. In ons jongtyd was daar nie al hierdie tegnologie nie. Net die superryk mense het met 'n selfoon geloop, en dit was amper so groot soos 'n baksteen! Sy onthou mnr. Kriel het ook een aangeskaf, hy het 'n arial gehad wat hy moes uittrek om te kon bel

Marissa is baie omgekrap toe Mari haar uiteindelik in die hande kry. "Japie vertel my jy wil met jou kar ry tot by die dans en weer terug in die donker nag! Ek weier volstrek! Pak 'n tas. Jy kom slaap oor op Dankbaar. Jy kan Sondag na kerk terugry huis toe."

Marissa gee haar nie eens kans om iets terug te antwoord nie. Praat van 'n dekselse stoomroller! Gits, van wanneer af is die vriendin van haar so beneuk? Seker maar die ouma-word stres wat inskop, dis al waaraan sy kan dink.

Martha het goedertrou die gesprek afgeluister, en toe Mari haar kom kry, is haar tas amper klaar gepak. Martha wil net eers haar klere met die hand uitspoel en stryk. Haar nonna kan dan maar vroeg môre-oggend ry.

Op pad na die studeerkamer kan Mari nie anders as om lag te kry vir hierdie Martha wat doodeenvoudig net nie sal ingee nie, 'n regte moedertjie! Ai, nou verlang sy sommer na haar ma ook. Die lewe raak stil so sonder 'n ma, dink sy.

Sy wonder nou ewe skielik of Japie se ouers nog lewe? Hulle is sekerlik diep in die 80's. Dalk moet sy vir Marissa vra, sy voel nou bitter sleg dat sy nog nie eens die moeite gedoen het om uit te vind nie.

Dié nag rol sy rond, dan op die linkersy, dan die regtersy, dan sit sy regop, dan gaan sy badkamer toe en spoel haar gesig met yskoue water af, probeer weer slaap … Maar niks. Gaan maak 'n glas melk warm met bietjie kaneel in… Niks. Maak vir haar Kamilletee… Niks.

Wat die hel gaan aan met my? As ek my oë toemaak, duik Japie se gesig voor my op! Sy is besig om haarself so te irriteer, dat sy besluit sy gaan maar eerder opstaan en skryf, of dalk verf om van die blerrie man te vergeet… Hoekom hy nou juis vanaand van alle aande by haar kom spook, verstaan sy rêrig nie.

Haar wekker ruk haar amper van haar stoel af soos sy ingedagte besig is om die olifantsoor se detail in te bring met haar fynste kwas! Verdomp! Amper neuk ek ure se werk op met 'n swart streep daaroor! Alles blerrie Japie se skuld wat my so uit my slaap hou! Lam geskrik gaan plak sy haarself neer op die gemaklike leerbank wat al jare se leef wys, tog wil sy hom nie nuut laat oortrek nie, die leer het soveel karakter met sy fyn krake in. Dit wys die mense van hierdie huis het geleef! Sy wonder summier wat sal die bank alles vertel sou dit wel kon praat...

Sy hoor die agterdeur oopgaan en herken dadelik Martha se skuifelstappie. Sy stap kombuis toe. "Martha, jy kom altyd om en by agtuur in, vir wat is jy vanmôre al sesuur hier?"

"Nee, my nonna, ek kom kyk dat jy ordentlike pap en wors eet vir breakfast, en dat jy nie laat in die pad val nie. Daai pad, seg ou Vaal Piet vir my, is die ene sinkplaat en my nonna se tjor is plat. Is beter jy kom vroeg weg dat jy kan stadig ry."

Ai Martha, jy is 'n regte moeder hen, dink Mari terwyl sy op pad is badkamer toe om te gaan gereedmaak vir die dag wat voorlê, want haar Sotho-ma het gepraat!

Sy besluit op 'n los sweetpakbroek met 'n oorgroot top, want sy wil nie vasgedruk voel nie, met haar oudste tekkies wat ook al kilometers geloop het en gesprekke aangehoor het wat ander se wenkbroue sal laat rys.

Sy maak haar rooi hare in 'n bolla bo-op haar kop vas en besluit sy gaan nie nou grimeer nie. Sy sal moeite doen met haar voorkoms net voor die dans. Sy wil in elk geval eers bietjie vars lug kry op die plaas, sy kort vitamin D. Sy onthou so met die uitstap darem haar sonhoed, anders gaan sy sy soos 'n kreef lyk by die dans.

Die pad plaas toe voel vandag vir haar ekstra lank! Hoe het ek dit nie gemis nie, besef sy nadat sy so 11 km op die wit stofpad gery het. Die kar van haar is nie

15

gemaak vir hierdie grondpaaie nie, besef sy nou! Sy moet omtrent aan die stuurwiel klou, want haar kar wil net orals heen spring en sy ry nie eens vinnig nie. Dit kom nou van 'n plat sportmotor ry!

Sy kyk waarderend om haar rond. "Stadslewe is nie eers amper vergelykbaar met plattelandse lewe nie, nog minder met die plaaslewe. Ek het hierdie regtig so gemis na al die jare in die stad."

Na wat vir haar gevoel het soos ure, al is dit net 56 km uit die dorp, hou sy op die plaas stil. 'n Spul honde kom aangehardloop. "Is hulle mensvreters of kan ek uitklim?" vra sy vir Marissa wat uit die plaashuis gestap kom.

Marissa lag net. "Nee vriendin, hulle is almal vriendelik, dit is veilig om uit te klim.

Die groot reun Sebastiaan, kom staan reg voor haar, so asof hy besluit het om haar te beskerm. Hy loop suutjies vorentoe, hy maak seker die gaping tussen hulle twee is nie te groot nie.

"Dis vreemd, hy het nog nooit so opgetree teenoor enige persoon nie. Dalk hou hy net baie van jou, dis al waaraan ek kan dink." Hulle drink tee, gesels, eet koek en drink weer tee, gaan stap 'n hengse lang ent, braai 'n worsie in die veld langs die vlei en geniet die heerlikste ystee.

Marissa kyk meteens baie stip na Mari en maak keelskoon. Mari besef dadelik hier kom iets ernstigs en sy weet nie of sy gereed is daarvoor nie. "Mari, weet jy hoekom het ek vir Japie vertel waar jy bly? Hy is nog steeds na al die jare bitterlik lief vir jou. Ja, hy was getroud met Yanda, maar hulle huwelik was 'n mislukking. Sy het hom verneuk met Sokrates, die

16

Griek op die hoek. Hulle het so hard probeer vir 'n kind van hul eie, maar dit het net nie gebeur nie, en toe het sy 'n seun by Socrates. Dus het die twee se huwelik nie gehou nie."

Mari se gesig raak bleekwit. Sy het deur die jare regtig net met Marissa kontak behou. Sy wóú nie weet wat in Japie se lewe aangaan nie, en het besluit sy sal ook nie uitvra nie, want hy het haar hart gebreek toe hy vir Yanda bo haar verkies het.

"Mari, ek weet vir 'n feit Japie het nog al die jare net vir jou lief gehad, my vriendin. Wil jy hom nie asseblief 'n kans gee nie, ons is nie meer jonk nie. Jy het ook 'n aaklige tyd met Marcus gehad in Texas. Jy weet hoe alleen jy was, sy infertiliteit... Asseblief vriendin, al wat ek vra is om mooi te dink hieroor. Beide van julle verdien 'n bietjie geluk."

Mari staar Marissa aan asof sy van 'n ander planeet af kom. Goedheid, hoe deurmekaar wil haar aftree-lewe kom staan en raak ...

Nadat Mari belowe het om ernstig oor die Japie-kwessie te gaan dink, lag en gesels hulle oor hulle jongmeisiedrome – hoe hulle die kleintjies gaan bederf en hoe hulle eendag nog gaan nonsens aanjaag in die ouetehuis. En die "eendag" besef hulle met 'n helse skok, is seker ook nie meer so vrek vêr in die toekoms nie.

Hulle huil oor wat was en wat kon wees. Ag, en toe lag en huil hulle sommer deurmekaar.

Op pad huis toe redeneer hulle oor hoe lank hulle al vriendinne is; die een dink dis vandat hul twee was, die ander dink dis van drie af. Mari onthou die blou skooltas van Marissa, en hoe haar ma vir al twee bottels ingepak het, want Marissa het tot in standard 2, deesdae graad 4, nog tietiebottel gedrink.

Marissa bloos bloedrooi, want sy wil dit eerder vergeet. Hulle kom regtig deur dik en dun al 'n lang pad gestap. Hulle het nog nooit eens regtig baklei of woorde gehad nie, amper soos beste sussies of iets.

Hulle het net klaar gestort toe die manne terugkeer van die tennisbaan af. Mari voel erg ongemaklik toe sy sien Japie is ook hier, veral na haar en Marissa se gesprek van vroeër. Marissa maak vir haar groot oë. 'n Teken sy beter haar mond hou en vriendelik wees met Japie.

Japie, kom sy agter, lyk net so ongemaklik. Sy kry hom eintlik jammer, want soos sy verstaan was dit maar 'n lelike egskeiding en dit was vir hom swaar. Hy is nooit weer getroud nie, nie eens in al die jare daarna 'n spesiale vriendin gehad nie. Doodtevrede so alleen. Hy het maar altyd hier kom kuier en die kinders se sport soos 'n getroue peetpa bygewoon en saam op toere gegaan. Hy is baie erg oor Marissahulle se twee kinders, Bernice en Brandon. Japie en Brandon gaan gereeld op jag-ekspedisies as Herman, Marissa se man, te besig is. Die macadamia plaas verg baie van sy aandag en is hy nie altyd hier om te help nie. Herman het die plaas van sy oupa geërf, dus is hy baie geheg aan daardie enorme plaas.

Hoofstuk 3

Die saal is baie mooi opgemaak, orals teen die kante staan ronde tafels. Marissa kies vir hulle 'n tafel nie te ver van die deur af nie. Sy weet nou al hier kom altyd 'n koel windjie in van buite. Dieper in is dit te warm en jy kan nie lekker rondbeweeg nie.

Mari kry haar sit en Japie kry vir haar iets om te drink. 'n Regte gentleman, dink sy. Ai, haar hart bons in haar keel... Hy is steeds vir haar bitterlik aantreklik, al kan sy sien die lewe het hom 'n hele paar wilde klappe toegedien. Die klein spoortjies om sy oë raak al hoe dieper en sy hare is ook nie meer so volop nie. Op skool was hy gewild onder die meisies omdat hy so aantreklik was, en boonop die rugbykaptein van die eerste span.

Die aand verloop baie gesellig en die prysuitdeling verloop sonder enige drama. Die baan word deur die voorsitter en sy vrou geopen en toe begin die dinge gebeur. Na soveel jare het die Rugbyraad regtig nog nie van tradisie verander nie, alles gebeur ordelik, net soos toe hulle op skool was. Eintlik vir haar blerrie oulik dat hulle vasgesteek het in tyd en nie aangepas het met die wêreldse gejaag nie. Die jonger mense kap 'n passie of drie uit terwyl die ouer mense eers sit en kuier. Deesdae se musiek is darem regtig nie op dieselfde vlak as waaraan sy gewoond is nie. Dis meer 'n kopskud en lyf rondruk as ordentlike langarm sokkiemusiek. Tog geniet almal die aand baie.

Sy en Japie het na al die jare nog nie die "touch" verloor nie en hulle sweef behoorlik oor die baan. Sy voel veerlig in sy arms. Weereens neem dit haar terug na hulle jeugjare en ervaar sy weer daardie heerlike warm vlinder gevoel in haar maag … Sy besef net daar en dan dat sy wragtig na alles steeds lief is vir hierdie man! O gedorie, wat die hel doen sy nou? Moet sy vir hom vertel, los sy dit soos dit is, moet sy oppak en trek?

Skielik slaan paniek vir haar vir 'n ses en kry sy nie asem nie. Japie skrik vir hom in 'n ander bloedgroep in, Marissa gil histeries vir 'n dokter, en hoe meer sy beduie sy soek haar asmapompie in haar aandsakkie, hoe meer dink hulle sy wys iets anders. Totale chaos heers tans.

Dankie tog, dokter De Bruin is daar, met sy tas agter in sy Cruiser! Hy kom tot haar redding en gee vir haar 'n pienk pilletjie onder die tong wat dadelik verligting bring.

"Rook jy?" bulder sy stem bo die musiek wat nou sagter speel uit.

Sy skud haar kop.

"Jy kan baie bly wees, anders het ek jou nou hier oor my skoot getrek en gefoeter! Vape jy?"

Nee, skud sy haar kop.

"Goeie keuse," antwoord die dokter.

Japie staan en giggel, sy hoop dit is van senuwees en nie oor iets iewers uitsteek wat nie moet uitsteek nie! Flippet, die man gaan nog haar dood veroorsaak, sweer sy so in haar stilligheid. So kwaad soos sy vir hom op hierdie oomblik is, kan sy nie anders nie, as om heimlik te weet dat sy eintlik lief is vir hom op haar eie weird manier.

Terug by die tafel stel Japie voor dat hulle eers bietjie moet rus voor hulle weer 'n nommer of twee dans. Hy skuif sy stoel nader. Té naby, maar ag, los maar vir vanaand die siel, dis tog net 'n dans, dink sy. Sy het nou al genoeg 'n bohaai veroorsaak, sy wil nou nie weer nie.

Hulle kuier regtig lekker en sy geniet die geselskap. Die voggies vloei lekker, almal is in 'n ontspanne luim. Die jongklomp besluit hulle kies koers na die "local pub", dus kan die ouer mense met meer gemak hulle musiek luister, dans en kuier.
Voor hulle vir hulle kom kry, begin die son sy kop uitsteek van agter die berg. Jinne, en hier sit hulle almal nog so lekker en kuier en klets oor die ou dae... Nee wag, nou beter hulle iewers koffie inkry en sterk koffie ook! Die dag het dan nou begin.

Almal is dit eens, net soos in die ou dae, gaan hulle dit nou huis vir huis vat en voort kuier tot vanaand toe. By wie ook al se huis hulle opeindig, daar gaan gebraai word. Sommer wors en broodjies, maar die tradisie moet voortgesit word. Te veel jare het verbygegaan waar dit nie eerbiedig is nie.

Dit is omtrent 'n gesellige dag en kuiers oor en weer met 'n tas vol van "onthou jy nog's". Almal kan aan hulle lywe voel die jare skop in, die deurnag-ding is nie meer vir een van hulle maklik nie, tog maak die baie lag op vir die moeë lywe.

Die laaste huis is toe wragtie Marissa-hulle se plaas! Daar is darem meer as genoeg vuurmaakhout en genoeg vleis. Sommer blitsvinnig is daar 'n slaai of twee gemaak, die broodjies is gesmeer, en die vure brand hoog in die sterreruim in. Doodse stilte kom maak nes in almal se harte en vir 'n oomblik staar hulle na die hemelruim. Gelyktydig sien hulle die verskietende ster, en net soos toe hulle tieners was, maak almal 'n wens. Wat 'n magiese oomblik!

Sonder dat Mari agterkom het, het sy voor Japie gaan staan met haar rug teen sy borskas. Hy hou haar styf vas en hulle twee drink die verskietende ster se mooi saam in. Sonder dat een van hulle dit besef, gly sy groot hand om haar middel. Hy trek haar nader en begin haar saggies heen en weer wieg. Sy ruik sy skeerroom, dit ruik soos spearmint. Hy ruik so vars en skoon, sy is seker haar neusgate gaan ekstra groot oop om die reuk in te trek...

Toe sy omdraai en opkyk, sien sy hy kyk met super intense oë na haar, sy kan die lus voel brand in hom. Sy besef dis 'n elektriese oomblik wat sy nie wil laat verbygaan nie en sy wil dit ook nie opdonner nie. Kan mens sowaar een oomblik bid vir iets en dan nog wens vir iets anders? Here, dit kan mos nie wees nie?

Hoe lank staan Japie so intens vir haar en staar, wonder sy. Dit was seker net 'n paar sekondes, maar vir haar het dit gevoel soos minute ... dalk ure. Nog voor sy tot verhaal kan kom, vat hy haar ken vas in sy groot hand en soen haar saggies op haar neus, en toe haar lippe.

O hemel tog, ek gaan dit nie oorleef nie dink sy, maar haar liggaam besluit heeltemal anders en sy soen hom terug met oorgawe. Sy hou niks terug nie, en hy ook nie. Dit is soos 'n elektriese storm tussen die twee.

Na 'n hele ruk verbreek hulle die soen om behoorlik asem te skep, tog los hulle nie hande nie. Vasgegom in tyd. Hulle weet nog na al die jare presies wat beteken daai diep kyk... Hmmm ja, jy is myne en myne alleen, ek deel jou nie met ander nie...

Die geselligheid duur voort, die kos is gaar en van die mense eintlik ook, maar niemand ry nie, almal kuier nog te lekker. Net so voor twaalf die aand vertrek die meeste na hulle huise en plase. Van hulle gaan op die plaas oorslaap, daar is meer as genoeg plek.

Japie trek haar suutjies eenkant toe, weg van die ander en fluister sag: "Dis slaaptyd vir Beauty and the Beast."

Sy raak kinderlik opgewonde oor sy woorde. Shit, wat bedoel hy nou eintlik? Gaan hy in sy eie kamer slaap, of saam haar in een kamer? Met sy hand in die holte van haar rug, lei hy haar na die kamer toe waar hy slaap. En sy besluit: Ag nee wat, let it be. Ek gee my oor aan die vloei van sake, môre is 'n nuwe dag vol van sy eie drama, vir nou wil ek net wees en die aand geniet!

Japie trek haar styf teen hom vas, sy voel sy hand glip onder haar bloes in, en haar borste begin lewe kry. Sy wil-wil begin bloos, maar hy druk sy ander hand se wysvinger op haar mond en wys sy moet net stil wees. Met die hand in haar bloes maak hy haar bra los. 'n Snak van verligting glip saggies oor haar lippe, hy glimlag ewe voldaan. Hy maak haar bloes se knopies los met die los hand, die ander een kelk om haar ewige gewillige bors. Sy is ene hoendervleis van lekkerte ...

Genade, wat gaan aan met my? wonder sy. Sharrap brein, geniet net die oomblik! wil sy skree, en sommer net so is sy uit haar bloes en bra.

Hy buk af en bewonder haar lyf, trane dam op in sy oë. Hy hou beide haar borste vas met sy enorme groot hande en hy soen elke tepel met soveel deernis. Sy besef sy het hom só lief, dat sy haarself nou weer vir hom sal gee, sou hy vra. Sy sal nie twee keer dink of oog knip nie, sy is vir hierdie Basson te lief.

Hy soen haar met teerheid, sy kreun behoorlik van die sagte aanraking. Sonder dat hy die woorde spreek, kyk hy intens na haar en sy knik haar kop, sy weet wat gebeur volgende. Nes destyds, jare terug, toe sy ook haarself vir hom gegee het. Hy was haar eerste ou ooit met wie sy seks gehad het.

Hy werk so mooi met haar, amper asof hy bang is hy breek haar. Sy volg hom, saam neem hulle mekaar na 'n ander vlak van intimiteit en die bloue hemel is hul limiet... Eindeloos lank en lekker.

Terwyl sy op sy bors lê en haar asem probeer terugkry, kan sy eerlik nie onthou dat sy al ooit – soos nou – soos 'n vrou gevoel het nie. Hy bly sirkels trek op haar kaal rug. Vaderland, die man maak die seksmonster in haar wakker. Rondte twee ... drie ... en so gaan dit aan tot watter tyd in die vroeë oggendure. Dis asof hulle nie genoeg van mekaar kan kry nie. Iewers moet hulle bietjie slaap inkry.

Vrae vra en gesels is vir 'n ander dag. Die vraag is, gaan daar ooit 'n ander dag wees? Is hierdie nou weer 'n "fly by night" of gaan Japie nou deel word van haar toekoms?

"Wie raas so? Hemel, breek nou die deur af!" bulder 'n diep manstem hier langs Mari.

Sy wip soos sy skrik! Vir 'n oomblik weet sy nie waar sy is nie. Sy kom agter sy het nie klere aan nie kyk verskrik om haar. Dan kyk sy na die gesig hier links van haar. O liewe hemel, wat die hel het laasnag hier gebeur? Sy gee Japie een kyk en sy verloor haarself weer in sy donker oë...

"Los ons uit, Marissa. Ons sal kos kry wanneer ons opstaan," bulder hy vir Marissa. "Dit is nou ás ons gaan opstaan. Dis weer speeltyd in die pretpark," fluister hy onnutsig in Mari sê oor.

Asof dit die eerste keer is, gee sy haarself weer vir hom, dit is nóg 'n kosbare oomblik vir haar. Sy weet dis so verkeerd, maar dit voel tog so reg. Sy is nog lief vir hom na al die jare, sy moet dit nog net vir hom sê! Hoe, weet sy nie, maar sy weet sy moet. Langer kan sy nie uitstel nie.

Met sy hande gekelk om haar borste terwyl hulle lepellê, sy warm lyf ingeweef met hare, raak sy weg in droomland. Sy skrik na 'n rukkie wakker van die snaakse fyn snork geluide wat hy maak. Dit klink vir haar so mooi, sy begin sommer giggel en draai saggies om in sy arms. Haar oë fokus op sy borskas wat op en af beweeg, sorgloos, stresvry, net rustig asem in en uit. Wat het sy al die jare gemis? Sy het nooit so kompleet vrou gevoel toe sy in Texas gebly het nie. Daar was dit maar sy en sy alleen, ander vrouens was vir Marcus van meer belang. So erg, dat hy hulle huis toe gebring het om haar te probeer vermaak.

Hoofstuk 4

So drie weke later is sy in haar studeerkamer besig. Martha klop grootoog aan die deur en tik-tik so op haar horlosie. "Nonna moenie so hard werk nie. Lus vir 'n koffietjie?" vra sy.

"Dankie, Martha, dit sal lekker wees." Martha is 'n absolute juweel. Sy het by die woonstelletjie agter in haar erf ingetrek en het feitlik die hele huishouding oorgeneem. Mari voel meer gerus, want sy weet nou kan ou Jan wanneer hy naweke gedrink is, nie meer probeer om sy duiwels op ou Martha uit te haal nie.

Dan lag Martha dat mens net gums sien. "My nonna, jy lyk happy, en as jy happy is, is Martha happy."

Mari kan nie anders as om breed te glimlag nie, sy is nog vol van hom ... O hel, hulle het nooit enige voorbehoeding gebruik nie! Alles was so "in the heat of the moment".

Haar foon lui. Dit is haar uitgewer wat skakel. Sy raak besig met die redigering van 'n groot toneelstuk waaraan 'n paar veranderinge gedoen moet word. Sy verdiep haar so in haar werk, dat haar aandag afgelei word van wat daardie naweek gebeur het.

Sy raak eers weer bewus van wat om haar aangaan, toe Martha haar kom roep vir middagete. Sy sien daar is twee plekke gedek aan tafel, nietemin gaan sy sit aan. Heerlike gebakte hoender met rys, aartappels, soetwortels en boontjies. Sy ruik 'n malva nagereg is ook aan die kom, want net een nagereg kan so soet ruik en soveel heimwee bring.

Net toe sy aansit, gaan die tuinhekkie oop. Sy wou nog wonder wie kan dit wees, toe is Martha al by die voordeur. Dit is Japie. Nou goed, dan nuttig ons die middagete saam, sal sekerlik nie skade doen nie.

Japie kyk haar stip aan met soveel erns in sy oë dat sy amper wil bang raak. Gits, wat is dit tog nou weer? Sy het niks vir niemand gesê nie, nie gebel nie, sy is net by haar huis, so wat op aarde kan fout wees dat die man haar so stip aankyk?

"Mari, dis nou 'n paar weke vandat ons... uhm jy weet wat het gebeur by Dankbaar. Ek dink hier is probleme. Jy lyk ook vir my ... anders?"

Sy trek haar asem skerp in toe sy aan die implikasie van sy woorde dink. "Japie, is jy nou simpel, ek is nog net ek? Magtig man, ek ... makeer niks."

"Mari, jy verstaan nie, ék is die een met die probleem! Luister nou mooi. Ek is naar elke oggend, ek vreet tjoklits dat my huishulp al skeef kyk na my kant toe ... hier is groot fout!"

Mari bars uit van die lag. "Dis die mees bizarre ding wat ek al ooit gehoor het..."

"Asseblief, moenie vir my lag nie, ek kan sien jou hele gesig spreek ondeundheid. Kan ons asseblief net vir veiligheid môreoggend 'n swangerskaptoets doen? Ek het sommer een saamgebring..."

Sy wil vir hom sê sy sou tog geweet het as sy swanger is, maar hy praat voort: "Ek was nog saam met niemand anders nie, as saam met jou by Dankbaar. Mari, ek het jou lief met my hele hart. Hoekom ek so kakbang was om dit vir jou te sê, verstaan ek nie, maar nou weet jy. Ek lewe net vir jou, my mooie meis."

Sy oë begin onnatuurlik glinster. O vrek, is dit nou naarheid, of is dit trane van dankbaarheid?

Na ete gaan maak Japie homself tuis in die TV-kamer, sy het nog 'n rukkie se skryfwerk oor wat moet klaar. Ongelukkig. Toe sy later by hom kom, is sy skoene uitgeskop en snork hy liggies… Sy bekyk die prentjie en dit voel vir haar net reg, so reg in haar hart, amper asof dit so hoort. Hy en sy saam onder een dak. Hoekom die lewe sulke lelike kaarte vir hulle gedeel het sal sy sekerlik nooit verstaan nie, maar toemaar, hy is nou hier.

Japie het besluit om oor te slaap … so ewe sy tas gepak gehad in die bakkie! Hy sal hom wat verbeel om so voorbarig te wil wees, allamagtig, sy sal moet reëls neerpen.

Hulle twee maak saam paella en kuier oor 'n glasie wyn terwyl hulle kosmaak en lag so lekker dat hulle weer nie die tyd dophou nie. Toe hulle sien, is dit ver na twaalf. Tyd vlieg vir seker wanneer jy 'n goeie tyd het, hier is 'n duidelike bewys.

Dis eers baie later wat hulle uiteindelik tot ruste kom en sy in sy arms lê en na sy rustige asemhaling luister. Dit voel vir haar net so reg met hom hier langs haar, asof dit nog altyd so moes wees. Sy slaap vir die eerste keer in 'n baie lang tyd omtrent lekker. Sy het hom nie eens hoor snork nie.

Sy het ook nie gehoor toe hy opstaan nie, sy word eers wakker toe hy die beker koffie langs haar neersit.

Liewe ouers, die man is bleek om die kiewe! "Is jy okay? Wil jy nie eerder sit of dalk lê nie? Netnou val jy om."

Japie haal die kardoessakkie met die apteek se embleem daarop uit en gee dit vir haar. "Ek weet dis vir jou moeilik, maar doen asseblief die toets. Ek is 'n boerseun en kan alles hanteer, maar hierdie konstante mislike gevoel is nie normaal nie, hier is iets aan die broei! Ek voel dit aan. En weereens, my meis, jy lyk anders, sagter, en ek is so trots op jou."

Mari verdwyn badkamer toe met die swangerskaptoets in die bruin kardoessakkie. Sy doen die nodige en wag angstig vir die minute om verby te tik ... maar na 'n paar sekondes stap sy kamer toe en druk die toets in Japie se hand. "Jy moet maar kyk, asseblief. Ek wil gou aantrek en gereedmaak vir die dag." Sy draai om en grawe in haar kas vir klere.

Een moerse gil ... en toe doodse stilte...

"Japie, hallo! Japie, is jy nog met my?" 'n Flippen fyn piepstem kom uit daai moerse lyf. "Ja, nou toe, wat piep jy soos 'n muis? Wat gaan aan, vir wat gil jy soos 'n tienermeisie?"

Japie hou die toets uit na haar. Haar oë rek so groot soos pierings. Twee duidelike blou strepe gluur vir haar... "Wát! Swanger 2-3 weke al! Is jy mal man? Hoe kan dit wees?"

Japie se gesig straal behoorlik van opgewondenheid. "Dit verklaar my ongesonde lus vir tjoklits en die naarheid wat nie in die oggende wyk nie, Mari!"

Hy rammel voort: "My ma sou nou omtrent gepronk het, want sy wou so graag 'n ouma gewees het. My pa gaan my vir seker eers uittrap oor ek nou op my ouderdom alle "regte" reëls verbreek het, maar ek weet hy sal tevrede en gelukkig wees vir ons. Mari, my vraag aan jou is: Is dit iets wat jý wil hê? Jy het nog nooit 'n kind gehad nie. Ek meen, jy is ... nie meer so jonk nie. Ek sal jou ondersteun in wat jy ook al besluit. Goeie hemel, wat hou die toekoms vir ons twee in? Ons moet jou seker by 'n ginekoloog kry, nè? Hoe werk dit? Kom nou, Mari, ek ken nie al hierdie goed nie..."

Mari sit net en huil bitterlik. As jy maar net kon weet, Japie, as jy maar net weet...

Heelwat later die aand, skraap sy die moed bymekaar en vertel hom wat met haar gebeur het en hoe bitterlik seergemaak sy was deur sy aksies.

Japie sit wasbleek voor haar, trane stroom teen sy wange af. "Ek het nie geweet nie," is al wat hy oor en oor prewel "Ek belowe ek het regtig nie geweet nie." Hy hou haar styf vas. "Ek is so, so jammer, ek wens ek kon die tyd terugdraai."

Sy is verlig toe sy in 'n skuimbad kan gaan klim en net wees... Nie een siel om oor bekommerd te wees vir kos of enige iets nie. Japie is terug plaas toe. Dis net sy en haar eie gedagtes, en hoe ver gaan haar gedagtes nie nou terug nie? Sy herleef die hele scenario weer oor af in haar gedagtes...

Net na skool het sy en Japie en hul destydse vriendekring ook so gekuier en gebraai. Een aand het hulle 'n bietjie te veel gedrink en die een ding het na die volgende gelei. Sy en Japie het liefde gemaak, dit was haar heel eerste keer. Sy onthou dit was bietjie seer, maar hoe sag hy met haar gewerk het.

Sy is huis toe en hy is na sy huis toe, die res van die groep het of aan die slaap geraak daar by die braai of is huise toe. Sy het in haar bed gelê, starend na die dak terwyl sy die hele toneel oor en oor in haar gedagtes herleef het. Sy het so spesiaal gevoel vir hom. As sy nou daaraan terugdink, het hulle toe al so 'n noue band gehad, nie dat hulle daardie tyd besef het wat hulle gehad het nie. Mens is mos jonk en simpel en luister na wat ander praat...

Lerina het vir haar vertel dat sy en Yanda kop in een mus was en vir Japie wou vang en vir hulle-self hou. Vandag weet sy dit was 'n spul leuens wat sy verkondig het.

Mari het vinnig agtergekom iets is anders aan haar lyf. Sy was moeg en tam en haar borste, onthou sy, was so teer... Tot vandag toe weet niemand dat sy toe swanger was met haar en Japie se baba nie. Sy het die baba verloor op elf weke by die werk. Tannie Magda het haar by die deur uitgehelp en is met haar dokter toe. Tannie Magda is die tannie by wie sy loseer het en saam met wie sy gewerk het. Tannie Magda en haar man is beide oorlede in 'n kop-aan-kop botsing toe hulle op pad was om vir hulle eerste kleinkind te gaan kuier in Dundee. Hulle seun

Theodor het saam sy suster Christal die huis geërf en sy kon darem aanbly.

Sy het baie hard gewerk om van haar seer te vergeet en het besluit sy kyk nooit terug nie. Sy het elke moontlike sent gespaar wat sy kon, het die lande besoek wat sy wou en besluit sy gaan leer vir 'n fisioterapeut. Sy het met lof geslaag en baie vinnig werk gekry. Daarna het sy haar eie praktyk begin saam met Gustus. Hulle het gou naam gemaak in die hospitaal, soms bittere lang ure gewerk, maar dit was waarvoor sy gelewe het.

Toe trou Gustus met 'n Italiaanse skoonheid wat sy voete onder hom uitgeslaan het en hy is toe vort Italie toe. Sy het die praktyk verkoop en besluit sy gaan eerder doen wat haar ander groot liefde is, en dit is skryf. Dit is hoe sy in Mexico opgeëindig het. Sy het 'n woonstelletjie daar gehuur en gedink sy gaan 'n sorgvrye lewe lei...

Tot Marcus opgedaag het en haar oorrompel het met sy sjarme ... wat toe ook maar met tyd 'n groot sneeubaleffek gehad het. Drank en ander vrouens was maar altyd sy eerste liefde.

Marissa is die enigste een wat geweet het waar sy haar bevind het en wat in haar lewe aangegaan het, en nog steeds doen. Marissa het haar van tannie Ann se huis vertel, en elke keer wat hulle gesels het op WhatsApp, het Marissa seker gemaak sy plant die saadjie van "kom huis toe".

Haar eie ma en pa is in haar Std. 9 jaar dood in 'n grusame plaasaanval, dankie tog sy was tydens die aanval in die koshuis. Haar ma en pa se familie het haar nie by hulle gesoek nie, en as hulle wou, het hulle duidelik nie veel moeite gedoen nie. Tannie Christa en Daleen van die koshuis, en Japie se ouers het hulle maar oor haar ontferm. Elke nou en dan het tannie Ethal 'n lekker bederfpakkie vir haar gestuur saam met Japie of sy het haar sommer kom haal met die lang slap wit Mercedes. Dan het Lady, die Maltese poedel, voor gesit soos 'n regte koningin! Mari moes agter sit. Die hond se diet het bestaan uit fyngesnyde hoender wat elke dag vars gemaak is, of fyn repies biltong wat saam met opregte plaasbotter bedien is. Koeëlrond vet.

Eintlik was sy tog ook nie regtig so wild nie, besig ja, baie besig. Dit was hokkie, netbal, redenaars, sy was biblioteek prefek, en dit was CSV kampe en dan 'n sporttoer hier en 'n funksie daar. Tog was dit 'n heerlike tydperk vir haar.

Sy onthou hoe al die tannies saamgestaan het om haar matriekafskeid onvergeetlik mooi te maak, omdat haar ma-hulle nie meer daar was om dit te doen nie. Tannie Christa en Daleen en hule gades het ingestaan as haar ouers. Sy het so trots gevoel dat sy soveel liefde kry, dat sy nie vir een oomblik gedink het sy is aan die verloorkant nie.

Japie se ma, tannie Ethal, was 'n mooi vrou, maar deksels streng. Sy het altyd spierwit pêrels om haar nek gedra, maak nie saak watter tyd of dag van die week dit was nie. Sy het altyd so lekker geruik, soos sagte wit blomme. As sy haar oë nou toemaak, dan is sy seker sy kan die tannie nog ruik.

Tannie Ethal is oorlede, maar Japie se pa, oom Jos, lewe nog. Hy is al gevorderd in jare, maar is nog baie aktief besig en bly op sy eie in hulle huis in die dorp, twee strate op van waar sy woon...

Kan jy nou meer, hier is sy nou weer terug in haar tuisdorp en sy is swanger met Japie se kind! Japie, wie na al hierdie lang, eensaam jare, wragtig nog steeds lief is vir haar en vir haar in stilte gewag het.

Drie weke gaan vinnig verby. Veral as jy huis uitverf binne en buite, en 'n hele nuwe sonkrag sisteem laat installeer, want die krag is net te tydig en ontydig af. Haar hele huis se krag en watertoevoer is nou "off the grid", soos die fancy mense sal sê. Hier en daar is 'n haakplek, maar oor die algemeen is dit vir haar beter, want sy pes dit om in die donker te sit en skryf. Dan verbeel haar sy kry sommer nog ekstra koud ook.

Haar tuin sal ook beslis beter vaar as daar konstant water is, dit is gekoppel aan 'n tydskakelaar, so sy of ou Jafta hoef nie meer self die sproeiers aan en af te sit nie, dit word deur 'n tydskedule gereguleer.

Die spaarkamer is nou 'n denim-tema met die skeloranje en wit. Spierwit linne met bont denimkussings en 'n groot denim poefstoel. Sy wonder hoeveel denims het dit geneem om hierdie stoel aanmekaar te sit. want dit is 'n groot stoel. Duur, ook maar mooi! Sy hou van die oud en die nuut gekombineerd. Dit gee net vir haar persoonlik 'n ander dinamika aan die vertrek.

Die peppermintgroen kamer maak haar steeds seesiek. Jafta en Martha help om alles uit te dra en te verf, sy kan nie meer in daardie kotsgroen vaskyk nie, sy raak onmiddellik vaalgrys en neuk om. Dis al nadeel wat sy tans ervaar met hierdie liefdesbaba wat elke dag binne in haar groei.

Sy raak opgewonde oor vanmiddag se besoek aan dokter Elize de Jongh. Sy het al haar en Japie se vrae neergeskryf. Hy is saam met Pietman, Christo en Jannie van die buurplase, na 'n Kunsmatige Inseminasie kursus vir diere in Mosselbaai. Hy WhatsApp haar letterlik elke vyf minute.

Hoofstuk 5

Haar senuwees is gedaan om die dokter te sien, hoekom weet sy nie. Jinne, sy is mos nie meer agtien nie. Die ontvangsdame meet en weeg haar en gee vir haar 'n botteltjie vir 'n urien-monster. Sy moet na die ondersoek net seker maak van die datum vir haar volgende afspraak, maar vir nou kan sy deurgaan na kamer nommer 2 en daar wag vir die dokter.

En so verloop die minute een na die ander en sy raak al hoe benouder. Hier begin die onstuimigheid al weer... Wat as dit ... en wat as dat...

Mari is nog besig om haarself te kapittel, toe stap dokter De Jongh in! Wat 'n mooi vrou en so vriendelik. Seker so diep in haar 50's. Sy lyk deksels goed vir haar ouderdom. Die resep vir hierdie verjongingskuur moet sy by haar kry.

Sy wip soos sy skrik. Liewe hemel, die gel is ysig koud! Skielik hoor sy 'n vreemde doef-doef geluid, dit moet die hartklop van hulle baba wees! Dokter Elize kyk hier en meet daar en vra tussendeur 'n klomp verskillende vrae.

Meteens steek die dokter vas en kyk intens na die skerm.

"Wat is dit, Dokter? Is daar fout? Asseblief, praat met my. Wat sien dokter?"

Dokter Elize glimlag breed. "Kyk asseblief op die skerm, ek gaan vir jou iets wys." Sy druk met haar vinger op die skerm. "Daar is nie net een nie, maar drie babas! Drie hartkloppies en al drie is in een sak, dit beteken hulle is identies!" Sy glimlag van oor tot oor.

Hier lê Mari, starend na die skerm met die vreemde geluid van drie hartkloppies in haar ore. Sy weet nie of sy moet lag of huil nie, want in haar kop het sy haarself voorberei vir een baba, nié drie nie! O hemel, wat gaan Japie daarvan dink? Waar gaan hulle almal bly? Haar huis gaan te klein wees. Sy is vyf en veertig, ongetroud en swanger met 'n drieling... 'n Besliste onderwerp vir die dorpsmense om oor te skinder.

Haar kop spin in sewe verskillende rigtings teen 'n helse tempo en al die vrae wil-wil haar amper potjie! Dokter Elize bespreek met Mari al die voor en nadele, al die risiko's en wat sy wat Mari is, te wagte kan wees vir die volgende paar maande.

Mari wil haar ore toedruk en vir die dokter skreeu om stil te bly, want o hemel, sy is baie na aan gek word! Maar sy besef sy moet nou kalm bly, sy kan nie hierdie liefdesbabas verloor nie. Nie weer nie. Sy wat Mari is, sal alles moontlik doen om hierdie babas te behou. Al sien Japie dalk nie daarvoor kans nie, sal sy hulle alleen as enkelouer grootmaak.

"Ek stel voor jy drink ekstra vitamien aanvullings en ek wil jou graag elke drie weke sien om die groei van die babas en jou gesondheid te monitor. Jy moet jou gewig mooi dophou. Dit is alreeds 'n groot risiko om op jou ouderdom swanger te raak, en nou is daar drie wat dinge nog meer kompliseer," lig dokter De Jongh Mari verder in.

"As ons kan, sal dit ideaal wees indien jy met hierdie swangerskap kan volhou tot op 37/38 weke, want die babas gaan heel moontlik 'n rukkie in ICU moet wees. Vir nou is ek tevrede met alles. Jy het mooi na jouself gekyk."

Ja, Dokter, as jy maar weet deur watter helse seer ek is, stoksielalleen ... as jy maar net kon weet.

Japie antwoord nie sy foon nie. Ai, hulle is seker besig. Sy wil dit eintlik uitbasuin aan die hele wêreld, maar sy moet haar nou inhou, tot sy die nuus met hom gedeel het en hoor wat sy reaksie gaan wees oor hierdie groot seëning wat van die Vader af kom.

Na die derde probeerslag, antwoord hy sy foon. "Hallo Japie, kan jy praat? Soos in alleen, weg van die ander manne af?"

Japie is dadelik bekommerd. "Is alles reg? Wat sê die dokter?"

Op die ingewing van die oomblik besluit Mari om die nuus in persoon vir hom te gee. Sy wil hom in die oë kyk om te sien of sy reaksie gunstig of negatief is. "Dokter is tevrede met die baba se vordering en groei, en met my. Sy wil my graag my elke drie weke sien omdat my ouderdom 'n risiko is, maar vir nou is alles piekfyn."

"Sjoe, dis 'n verligting!" Sy hoor eintlik die verligting in Japie se stem.

"Julle kom darem oor twee dae terug. Dan sal ek weer kan slaap soos ek moet. Jy weet ek slaap sleg as jy nie hier is nie, al is jy op die plaas, ek weet jy is hier naby."

Japie groet en lui af. Die sein is swak en die res van sy toergroep wil dinge sien en doen, hulle kerm hy hou hulle op. Mari lag maar in stilte, want al is Japie 'n rooikop, is hy maar baie stadig in dinge doen. Hy vat sy tyd.

Mari wonder hoe sy die nuus met hom gaan deel dat hier drie babas op pad is? Dadelik begin sy google vir idees. Sy sien 'n baie oulike idee wat vir haar gaan werk, maar ai! Tipiese kleindorpie-sindroom gaan sy na die buurdorp moet ry om haar plan te verwesenlik, ook om nie hierdie nuuskierige agies enige idees te gee nie. Sy beplan om dan vroeg die volgende oggend te vertrek. Sy sal vir Martha saamneem sodat sy by Beef & All dan ook die aankope vir die huis kan kry in grootmaat. Noudat Japie – hopelik – meer by haar gaan wees as op die plaas, moet sy sorg dat daar genoeg kosvoorraad is. Zahair se winkel is slegs vir noodgevalle, en hy weet dit, want hy is onnodig duur.

"My nooi, dit is reg, ek sal vir ons broodjies en 'n fles koffie maak, want as ons so vroeg ry raak ek vroeg honger. Jy moet onthou om my phone se alarm te stel en sit dit hard dat ek hom mooi kan hoor."

Mari glimlag sag. Ou Martha staan in alle geval saam die hoenders op, daar is nie 'n manier dat sy sal verslaap nie, maar sy sal dit tog vir haar doen, al is dit net om die oumens gemoedsrus te gee.

Saam maak die twee die lysie vir kruidenierswaren en skoonmaakmiddels wat hulle benodig, en gaan vra ook vir Jafta of hy dalk enige gereedskap of groentesade nodig het. Hy soek net binddraad en ekstra kompos om in die grond in te werk. Hy het genoeg pyp en sproeiertjies.

So val hulle vroeg in die pad. Martha ken almal in die dorp en al hulle skindernuus. Sy babbel so baie, Mari kry nie veel kans vir praat nie, maar sy geniet dit, want in 'n japtrap hou hulle voor die ysterwarewinkel stil om eers alles te kry wat Jafta soek.

Volgende stop is Beef & All waar Mari dan vir Martha eers vir 'n rukkie gaan alleen los met die inkopielys. Dit wat sy wat sy wil doen, sal nie te lank neem nie. Sy moet net die pakkie mooi wegsteek sodat Martha nie snuf in die neus kry nie.

Sy reel gou met die mense van Beef & All dat as Martha klaar is voor sy terug is, moet hulle net alles oplui, sy sal betaal as sy vir Martha kom oplaai. Indien sy 'n bietjie lank wegbly, kan hulle asseblief vir Martha 'n pienk melkskommel maak, en 'n roosterkoek deluxe, dit bestaan uit 'n lewer in netvet koekie, kaas en konfyt, en gekaramelliseerde uie.

Sy hou voor die groot kettingwinkel stil en haar maag maak 'n draai, gits hier gaan sy. Nie dat sy eintlik weet wat sy moet koop nie, maar sy wil dit regtig vir Japie baie spesiaal maak. Sy vryf oor haar magie en dink meteens aan hierdie drie wonderwerk babatjies, wie elkeen se hartjie reeds so mooi klop. Sy soek 'n neutrale kleur frokkie of hempie, want sy moet dit nog na die drukkers toe neem met die sonarfoto's.

Hier is soveel mooi goed om van te kies, veral klere vir dogtertjies. Hoe kies 'n mens? O hemel, en kyk net al die klere met trekkertjies en die dinosourusse op! Kan jy nou glo, tot vellies vir babas! Sy kry darem drie oulike hempies en kan dit nie help nie, maar sy kies ook 'n denimbroekie by elkeen. Dit lyk darem regtig te oulik! Die denim is van sagte materiaal en ook unisex, so beide geslagte kan dit dra.

Die verstrooide oom by die drukkery dink dis 'n present vir 'n vriendin van haar, sy het probeer verduidelik, maar die oom is te doof om te hoor wat sy sê, sy los hom maar. Sy wag so halfuur voor die oom die netjies toegedraaide pakkie vir haar gee.

Jinne, nou is sy darem self dun om die middel, sy wil ook graag ietsie nuttig. Sy ry na Beef & All toe waar sy vir Martha gelos het om die inkopies te doen. Sy het net by die tafel gaan sit en haar bestelling geplaas toe haar foon lui. Dis Martha.

"Nonna, ek is klaar met die shopping, ek staan hier by die til. Waar bly jy so lank?"

"Ek kom, Martha. Wag net daar vir my." Sy betaal gou en die personeel is gaaf genoeg om saam met Martha na die voertuig te stap om die pakkies weg te sit.

Martha kom sluit by haar aan en sy kan sien Martha is baie ongemaklik om saam haar gesien te word aan dieselfde tafel. Vir Mari is dit nie vreemd nie, dit is 'n alledaagse verskynsel in die stad, maar ja, hier in die plattelandse dorpe kom dit nie algemeen voor nie. Sy vra vir 'n woefkardoes, want die mense begin rêrig om vreemd na haar en Martha te kyk. Vaderland, is hulle dan wragtig niks gewoond, nie wonder sy toe hulle rustig kar toe stap.

By die huis pak hulle vinnig die voertuig af. Martha pak heel eerste al die bederfbare items weg nadat sy dit in kleiner pakkies verpak en dit gemerk het. Mari los haar eerder uit, want sy het vinnig geleer dat Martha ken van huishou en organiseer, sy wil nie enige hulp aanvaar nie. Mari is maar te dankbaar, want sy besef nou sy is eintlik pootuit. Sy wil sommer vroeg gaan bad en inkruip.

Martha loer om die deur. "Nonna, ek is klaar. Sien my nonna weer môre."

"Dankie vir al jou hulp, Martha. Jy moet lekker slaap." Mari sien haar by die deur af en is dankbaar sy is nou alleen. "Nee, ek is nie meer alleen nie, ek en die babas is by mekaar. My en Japie se babas... Ons twee se eie babas." Sy kry sommer so ekstra warm gevoel in haar hart. "Here, hoeveel jare het ek nie hierna gesmag nie, en tog is U weer presies op tyd." So gesels sy met haar Skepper.

Hoofstuk 6

Japie is oor minder as 'n uur hier. O hemel, sy kan nie wag nie. Sy gaan vanaand vir hom die een hempie gee wat lees: *I am your baby number 1, daddy Japie.* Dan wil sy môreoggend vir hom die ander een saam met sy ontbyt gee wat lees: *And I will be number 2, Daddy.* En dan met aandete sal sy die laaste een gee wat lees: *I might be 3rd, but I know I am not the least.* En op hom kom die duidelikste foto van al drie in een sakkie. Sy weet nie hoe gaan Japie die nuus ervaar nie, sy is maar skrikkerig. Dit was 'n groot skok vir haar gewees … is eintlik nog steeds, want sjoe, drie babas op een slag!

Japie kan sy tevredenheid nie inhou nie, hy lyk soos 'n kat wat 'n piering room gesteel het. Hy bel die ganse wêreld wat hom ken en verkondig wyd en syd hy word pa! Nie speel-speel nie, 'n regte pa met sy eie baba!

"Mag ek maar vir Marissa laat weet? Niemand behalwe ons twee weet van hierdie baba nie. Nie eens Martha nie," vra Mari baie versigtig. "Kan ek asseblief vir Martha en vir ou Jafta ook sê."

Japie gryp haar om die lyf en soen haar innig. "Ja, natuurlik mag jy. Ek het dan so pas aan die hele wêreld verkondig ek gaan pa word." Hy glimlag so breed, dat haar mond eintlik begin seer raak vir sy part.

O heng, die verrassings is nog nie verby nie, die grootste skokke kom nog, onthou sy nou weer! Haar kop spin al om te dink hierdie huishouding gaan drie gelyk grootmaak.

Japie trek haar nog nader en hou haar styf vas. Sy voel hoe hy rustig raak. Hy kyk met deernis na haar en sy weet daai kyk beteken een ding.

"My meis, dankie dat jy van my 'n pappa gaan maak, dankie dat jy nie die hasepad gekies het nie, maar kies om te bly. Ek en jy sal moet besluit, trek jy plaas toe of trek ek dorp toe? Hoe gouer hoe beter. Wat jy ook al besluit, ons twee gaan 'n kamer moet regkry vir die baba," rammel hy alles feitlik in dieselfde asem af.

"Mag ek die baba vir nou maar Olive noem? Die baba is mos nou so groot soos 'n olyf, nè?"

"Oe, iemand het gaan oplees. Google weet nie alles nier, hoor," lag Mari.

Sy staan die volgende oggend vroeg op, en maak vir hom sy gunsteling ontbyt. Sy vou die hempie mooi op en sit dit so op die skinkbord neer dat hy dit nie sal kan mis kyk nie. Sy tik hom saggies aan die skouer. Hy word lui-lui wakker uit sy diepe slaap.

Sy maak asof sy nie langer kan knyp nie en verskoon haarself, maar dis eintlik net om van 'n skelm hoekie af sy gesig dop te hou om sy reaksie te sien as die nuus insink oor baba nommer 2. Sy is gelukkig genoeg om die oomblik vas te vang met haar foon se kamera.

En wat 'n oomblik! Wow! Japie het dadelik 'n traan weggevee en eers gekyk of sy nie vir hom kyk nie. Dankie tog, het hy nie gesien toe sy die foto geneem het nie. Hy rig sy oë na bo. Sy kan nie hoor wat hy bid nie, maar dit lyk asof hy vir die Vader dankie sê vir hierdie tweede bondeltjie vreugde wat nou oor sy pad kom.

Japie roep haar.

"Ja, my lyfie." Sy stap ewe sedig nader.

Hy hou die hempie uit na haar. Lees ek reg? Ek en jy gaan ouers wees van 'n tweeling? Ons eie tweeling? Hoe 'n groot seën is dit nie? Is jy seker jy is okay hiermee?"

Mari begin lag. "Jy weet, nè, dis nou nie asof ek vir die een kan sê om te wag nie, maar ek is seker ons sal vir al twee ewe lief wees, Japie. Dit sal vir seker nie die eerste tweeling wees wat gebore word nie. Ek sal net baie graag, indien ek kan, wil borsvoed."

Japie lyk onmiddellik baie afgehaal. "Meis, jy weet hulle is myne! Ek hou nie van deel nie." Hy soen haar liggies op haar voorkop. "Ek moet gou oorry na Kameel toe om te gaan kyk of alles daar nog in orde is, ry jy saam?"

Kameel is een van Japie se plase. Dankbaar om meer tyd saam met hom te spandeer, ry sy saam.
Sy was baie lank laas hier. Dit is lowergroen. Alles is so netjies en presies in plek.

Hulle besoek die aangrensende plaas wat ook syne is, die koop is onlangs gefinaliseer. Die plaas se naam is Groot Genade. Daar is baie werk wat gedoen moet word, veral die ou plaashuis moet gerestoureer word. Daar is 'n baie mooi stoep reg rondom die huis. Met die intrapslag gee dit vir haar die gevoel van tuiskoms. Sy sal enige tyd hier wil kom bly as die huis opgeknap is soos sy dit wil hê, maar tot dan, verkies sy maar tannie Ann se huis. Dit is immers ingerig soos haar styl en smaak.

Martha het vir hulle kerrie skaaptjoppies gemaak met heerlike gebraaide soetpatats en koeskoes. Sy is nie lus vir 'n glasie wyn nie, sy wil eerder net eet en gaan slaap, vanaand is sy regtig moeg. Dit moet seker maar die ryery tussen die plase wees waaraan sy nie gewoond is nie.

"Kan ek vir jou 'n skuimbad tap, dan ontspan jy lekker terwyl ek gaan loer wat die twee manne vir die dag gedoen het?" Hy het vir Johannes, een van sy plaaswerkers, ook hier gehad vir die dag, hy wil sien of die twee manne iets reg gekry of het, of het hulle die dag om gestaan en klets.

Mari is dankbaar vir die skuimbad en die mooiste kerse wat hy aangesteek het vir haar. Iewers kom musiek vandaan wat saggies speel in die agtergrond. Sy wil net so 'n bietjie lê en ontspan. Net rustig wees … Op daardie oomblik klap dit haar vol in die gesig! Sy moet hom vertel van baba nommer 3! "O vrek, ek hoop sy hart hou dit en hy kies nie die hasepad nie."

Toe sy klaar gebad het, is dit sy beurt om te stort, hy verkies stort bo bad. Hy is net te lank vir haar outydse potjie bad. Terwyl hy stort, gaan maak sy solank vir hulle tee met heuning in. Sy sit hempie nommer 3 strategies in die skinkbord, en so wag sy en die drie babas rustig vir hom om klaar te maak en by hulle aan te sluit.

Japie sluk meer as twee keer, hy vat die hempie, bekyk hom en los, kyk en los. Sy sien hy is diep verward.

"Meis, wat het jy met Mari gemaak? Hoe is dit moontlik? Moet my nie verkeerd verstaan nie, ek twyfel nie vir een oomblik dat dit my baba ... babas is nie, maar met Yanda kon ek nie kinders maak nie, alle vingers het na my gewys. Ek was die ou met 'n probleem, ek was 'n gemors ... Nou hoe nou? Is jy baie seker dit is drie? Is jy doodseker?"

"Ek het hulle hartkloppies gehoor, dit het soos musiek geklink in my ore. As jy nie daarvoor kans sien ..."

Hy snoer die res van haar sin met 'n soen. "Moenie vir jou kom laf hou nie. Ek gaan nêrens heen nie."

Sy oë rek. "O vrek! Ons gaan hier moet verbreek en aanbou, die plase se huise moet reggemaak word. Ek moet jou dadelik op my medies sit!"

"Japie, stadig asseblief, ek het my eie medies. Discovery is goed, ek is op die beste plan wat hulle bied. Kom ons vat dit dag vir dag."

Japie trek haar nader en hou haar teer vas, wieg haar heen en weer. "Die hemel weet, Meis, ek is vir jou só ontsettend lief. Nou maak jy van my nog 'n pappa van drie babas ook! Nie een nie, maar drie!

"Ek belowe jou ek sal die hele tyd by jou staan, ek sal jou nie los nie. Nie weer nie! Ek was so flippen onnosel om jou deur my vingers te laat glip. Ek het jou regtig nog altyd heimlik liefgehad, my meis... Jy is myne, net myne."

Twee nat spoortjies loop teen Mari se kop af soos wat Japie sy hart uit huil, haar eie reus wat so vol emosie is en so huil... Sy los hom maar, want vir haar is dit mooi dat hy sy emosies so kan wys.

Spoedig vertel hulle toe wel vir almal wat moet weet en besluit om steeds nie te trou nie. Alles bly net soos dit is, vir nou werk hierdie vir hulle. Argitekte kom lê besoek af, meet en pas. Hulle sit om 'n tafel en hulle doen berekeninge. Japie is in en uit, sy sit en skryf en hou stilletjies dop wat hier gebeur.

Dit is alweer tyd vir hulle volgende doktersbesoek. Sjoe, kan dit wees dat sy al verby die halfpadmerk is? 26 weke is al 'n entjie weg, haar magie is ook nie uitermatig groot nie. Sy dra nog van haar los somer-toppies, net hier by die borste wat dinge nou begin handuit ruk.

Sy kan nou nog nie glo dat hulle so gelukkig is om met drie dogtertjies geseënd te wees nie? Heimlik bid sy hulle is almal so mooi soos hulle pappa. Hy bid weer hulle moet soos hulle mamma lyk. Sy wens net die skop word minder, want aarde, sy gryp kort-kort haar sy vas soos wat hierdie kleintjies skop.

Japie se naarheid is darem iets van die verlede, hy kry net nie genoeg van haar lyf nie. Elke moontlike geleentheid maak hy baie deeglik daarvan gebruik. Elke keer neem hy haar na nuwe hoogtes. Sy het in haar lewe nie gedink sy sal ooit só kan voel nie. Nooit nie! Hierdie man verbaas haar elke dag net meer en meer.

Haar gedagtes hardloop weer weg met haar, want waar leer hy al hierdie nuwe truuks? Sy beter bietjie navorsing doen, want jinne, sy voel soos 'n vanilla vrou, alles so doodgewoon en plein. Hy is weer 'n rainbow man, iets van alles, en dit is vir haar so lekker om saam hom hierdie goed te ontdek en te beproef. Die rouste vorm van emosie en tog so intiem, so spesiaal vir haar.

Hoofstuk 7

Japie gaan darem die keer saam na die ginekoloog se ondersoek. Jy kan lankal nie meer die babas in geheel sien nie, net gedeeltes. Dokter is tevrede met hulle groei en gewig en met Mari se gesondheid ook. Hulle het saam besluit op 'n keisersnit om seker te maak al drie die babas is veilig, sy as mamma ook.

Japie is effens skrikkerig, maar stem in dat hy sal wil by wees met die geboorte van sy dogtertjies. Hulle gaan nou eers inkopies doen. gelukkig het hul met die bakkie gery, want alles sal onmoontlik nie in haar sportmotor pas nie. Sy moet Japie net keer, want hy koop alles so pienk as moontlik, dit is klere en nogmaals klere, doeke, boudjie salf sommer 'n boks vol, teddiebere, sagte hasies, bedlampies, duvetstelletjies... Die man raak helemaal besimpeld in die winkel soos wat hy aankoop. Sy keer, maar dit help regtig nie veel nie, hy koop selfs vir haar klere. Sy moet aanpas en op en af paradeer dat hy kan sien of dit vir hom mooi genoeg is. Hy koop vir haar die gemaklikste aanglip skoene, want haar voete begin rond raak en sy kan lankal nie meer haar eie voete sien nie.

Hulle gaan eet 'n ligte middagete by St. Laurenzo's en geniet 'n heerlike pasta met vars bediende slaai. Hy drink 'n glas wyn, sy geniet 'n heerlike ystee. Dit is so 'n luilekker agtermiddag, dat sy wens die dag hoef nooit te eindig nie, tog is sy regtig pootuit en wil graag by die huis wees. Sy weet Martha het vir hulle kos gemaak en sal weer soos 'n regte mamma vir hulle sit en wag.

Japie en Jafta pak die groot aankope af en Martha belowe om die volgende dag alles te was en weg te pak. Haar meisiekinders kan nie na winkel ruik nie. Martha het reeds vir Mari 'n lieflike borrelbad met rooswater voorberei en sy kon net rustig gaan bad. Japie het haar kom geselskap hou terwyl Martha gou die kos warm maak. Terwyl hy sy dorpsklere uittrek, sien sy die fyn krakies om sy oë en ewe skielik raak sy sonder waarskuwing so bewoë...
Soveel jare het verloop tussen hulle twee,
tog bly hy vir haar so mooi. Daai donker oë wat net vir haar bedoel is, wat haar vaspen en elke keer wat hy haarself vir hom opeis, sweer sy raak sy net liewer vir hom.
Japie kom klim saam met haar in die bad. Sy was sy rug en streel sy bors terwyl hy sy kop op haar maag laat rus. Die drieling hou daarvan, hulle begin ernstig skop sodat een se hele voetjie 'n duidelike merk maak. Hul pappa probeer die voetjie vasgryp, maar die sussie is te rats vir haar pappa. Hulle lag te lekker.
Hoe geseënd is hulle nie? Gesondheid is so 'n groot seën van die Vader af en tot nou toe is hulle almal baie gesond. Hulle is hulle eie klein familie met

Martha wat vir hulle sorg, nes 'n regte ouma. Jafta ook! Dit gaan met hulle ook soveel beter. Hulle het ook hulle eie groentetuin langs Martha se woonstel begin. Die tuin is Jafta se absolute trots en hy herplant van die groente, maak stegies en verplant dit weer.

In sy af tyd is hy besig om vir die meisies elkeen 'n draadkar te bou. Hy reken hulle moet kan kar ry op die plase. Hulle mag nie net met daai stywe plastiekpoppe speel nie. Die een is reeds klaar, 'n Volkswagen bussie, nogal met 'n Volkswagen "badge" op en pienk gesprei, want sy moet mos haar sussies kan rondry...

Mari kan net lag, want ou Jafta is in sy element. Martha maak weer in haar af tyd popklere, sy het Mari se naaldwerkmasjien geleen en elke dogtertjie kry presies dieselfde stelle klere. Die poppe het nou al pajamas en elkeen 'n rokkie. Dit is so fyntjies gewerk, kantvalletjies en al.

Dit is so 'n besige tyd by hulle, die bouers is besig by drie huise gelyke tyd. Japie en sy spanne is besig met oestyd. Hulle werk dag en nag. Sy het nog vertaalwerk ingekry en het 'n spertyd om die manuskrip klaar te maak. Die verbouings by haar dorpshuis is darem amper klaar, dan kan sy en Martha alles uitpak en regskuif. Martha kloek soos 'n hen om haar.

Marissa kloek net so om haar, sy wil weet wat kort hulle vir die meisies. Wat is die kamer tema, en die hoof kleure, en en, en...

Mari het gedink om mooi veldblomme teen die een muur te verf en die anderkantste muur 'n donker olyfgroen. Sagte pienk kantgordyn en gordyne wat sag gedrapeer is. Mari wil graag steeds borsvoed indien moontlik, dus is die twee stoele aan weerskante van die kas wat oom Jos vir hulle gebou het. Dit is so sentimenteel vir haar, want hy het vir elke dogtertjie 'n boodskap in haar laai geskryf met 'n permanente merker. Die kas is baie prakties gebou, dit is ook op die hoogte gebou dat haar rug nie gaan seer word wanneer sy hulle doeke ruil nie. Nie soos die winkels se kaste wat te laag is nie.

Oom Jos het omtrent gemeet en gepas en hulle twee is tot vervelens toe winkels toe met sy maatband en 'n boekie. Hy het foto's geneem met sy slimfoon en het weke gekarring tot hy tevrede was met sy ontwerp. Hy het van die kiaathout wat sy by haar in die houtwerkkamer gehad het met die koop van die huis gebruik. Hy het by haar kom werk, dit was omtrent lekker om die oom elke dag hier te kon sien.

Sy wens hy was nog hier, maar hy is baie eiewys en is terug na sy eie plekkie toe. Dit is nou so stil sonder oom Jos en sy geneurie terwyl hy so geskuur en skaaf het. Die kas is so mooi, hy het dit vir ure lank met sy eie twee hande afgeskuur, 'n elektriese skuurmasjien is nie naby die hout gebring nie. Hy het gesê die hout is te mooi om so verniel te word.

Na nog twee weke is die dorpshuis finaal klaar en die een plaashuis die naaste aan hulle darem ook. Die bouer en sy span was baie ordentlik en het regtig die plek skoon vir haar agtergelaat. Sy en Martha kon dadelik begin gordyne hang en klere wegpak. Dit is net pienk stelle klere oral waar sy kyk. Sy sal vir seker vir Japie moet aanpraat, want die pakplek is amper te min. Die kinders se linne is in 'n aparte kamer, want die een hier het net soveel spasie.

Hulle het reeds besluit op die name, maar sy is kalm, sy weet as hulle gebore is sal sy en Japie weet wie kry watter naam. Sy wil vir niemand niks oor die name sê nie, dit is te kosbaar vir haar, iets tussen haar en Japie. Weereens iets so kosbaar dat sy dit eintlik wil wegbêre en bottel vir die "onthou nog's" wat beslis gaan kom.

Japie en sy span is naby aan klaar geoes ook. Die son het duidelike lyne gelaat op sy gesig, arms en bene. Sy kan sien hy is moeg. Sy los hom dat hy elke aand op die bank met sy kop gerus op haar maag, aan die slaap raak. Vele aande raak sy ook so sit-sit aan die slaap. Sy gesnork pla darem nie meer so nie, sy het daaraan gewoond geraak. Sy erken teenoor haarself dat sy dit eintlik mis as hy nie so diep slaap en snork nie. Sy dink die meisiekinders ook, want dan is hulle ekstra bedrywig en skop haar vreeslik in die ribbes.

Hulle raak nou aan Japie gewoond, want as hy in die aande haar maag vryf dan is dit asof hulle vir hom wil hallo skop! Dan gesels hy omtrent met hulle asof hulle presies sy gesigsuitdrukkings kan sien en verstaan...

Marissa en Herman nooi hulle vir die komende naweek om te kom kuier op hul jagplaas voor sy nie meer op slegte grondpaaie kan ry nie. Sy sien rêrig uit na die kuier, want sy kom agter sy raak nou ongemaklik en begin heen en weer waggel soos 'n eend, haar voete lyk soos opgestopte worsies en haar hande het ook begin swel. Sy pak vir hulle 'n oornagtas, baie dankbaar dat hulle nie hoef terug te ry in die nag nie.

Japie sorg vir die versnaperings en vleis, en so vertrek hulle reeds teen twaalfuur die Vrydagmiddag om die maksimum tyd uit die kuier te kry.

Groot is beide se verbasing toe hulle by Marissa en Herman se huis instap! Omtrent hulle hele vriendekring van skool met hulle gades, en die hele omgewing se mense is daar om hulle met 'n ooievaarstee te verras.

"Waar is almal se voertuie dat hier niks op die werf staan nie?" is die eerste ding wat Japie wil weet.

Oom Gert antwoord so ewe kordaat: "Jongman, dis nie ons eerste partytjie nie, ons ken van karre in 'n stoor trek!"

Beide van hulle kry 'n erestoel en om die beurt word geskenke aangegee wat hulle moet oopgemaak. Al die kleertjies word aan 'n sogenaamde wasgoedlyn opgehang! Japie kry die heerlike deel om aan die gaste te verduidelik hoe werk die borspomp... Shame, hy is byna pers in die gesig soos hy bloos, die manne haal hom omtrent uit en die gelag is groot. Hulle het die oulikste geskenke ontvang. Dit voel behoorlik soos Kersfees, want dit is net pakkies om hulle.

Die manne verkas buite toe na die braaivleisvure en die vrouens bly binne waar hulle net so lekker gesels en raat uitruil. Sy skryf alles neer soos sy kan, want 'n mens weet nooit...

Van die mense slaap die aand ook saam met hulle oor, daar is meer as genoeg plek vir almal. Dit is ook nie vir haar vreemd om vir pastoor Charles en sy mooi vrou Lexi, daar te sien nie, hulle is immers teenwoordig by elke moontlike geleentheid wat die klein plattelandse dorpie aanbied. Die aand het afgesluit op 'n groot noot en sy is voorwaar doodmoeg toe sy in die bed klim.

Hoofstuk 8

Saterdagoggend word sy egter vroeg wakker geskop deur die kleintjies. Sy maak vir haar 'n koppie tee en gaan sit buite op die stoepie voor hulle kamer en drink die mooi sonsopkoms in terwyl die hoenders luidkeels kraai. So hoor sy hoe die mense om hulle stadigaan ook opstaan en aan die gang kom.

Haar hart loop oor van dankbaarheid vir soveel liefde vir haar en Japie en hulle drie ongebore dogtertjies. Na al die eina wat sy al ervaar het, maak hierdie liefde van haar gemeenskap drie dubbeld op vir die seer.

Sy het nogal met Joline, die fotograaf, gereël vir foto's vir Sondagmiddag – net voor die son sak so in die geoeste lande – want dit is waar haar hart is… Wat sy nie geweet het nie, is dat Marissa en Japie agteraf gekonkel het en ander planne gemaak het. Deksels, almal van hulle was kop in een mus en sy het niks agtergekom nie!

Saterdagmiddag toe sy 'n bietjie wou gaan rus, is daar 'n klop aan haar kamer se deur. Marissa, Joline en Charlise, die grimeer girl van die dorp, bars by die kamer in ... Charlise nogal met haar grimeertassie en al.

"Wat gaan hier aan?" vra Mari, vaal geskrik.

Marissa sê so ewe: "Meis, jy en Japie trou vanmiddag vieruur hier by ons op die plaas in die skuur. Jy hoef oor niks bekommerd te wees nie, alles is reeds gereël. Almal het ingestem vir 'n bring en braai. Dit gaan vir ons oor die beginsel dat hierdie geseënde dogtertjies se mamma en pappa getroud kom voor hulle gebore word.

Mari se gemoed is so vol, trane loop twee rye spore oor haar wange en sy het nie woorde nie. Sy knik net haar kop, want haar gemoed is net te vol. Gelukkig ken Marissa haar van haar jongdae af en sy weet, nou moet almal eers vir Mari net 'n kansie gee om tot verhaal te kom. Al wat sy nodig het, is vyf minute.

Sy haal diep asem en gaan stap al langs die wilgerlaning af. Sy praat met haar Vader en raak weer oorweldig deur emosie. "Here, hoe kan U my so bly seën ná ek vir so lank verlore was? Hoe kan ek genoeg dankie sê?" Sy stap nog 'n ent en raak stil in haar hart, en toe weet sy: dit is tyd vir omdraai en hierdie kosbare gebeurtenis tegemoet stap.

Die atmosfeer is 'n ligter luim in die kamer. Almal lag en gesels en dit neem nie lank nie, toe is sy klaar gegrimeer, hare gedoen en aangetrek vir die groot oomblik.

Dan dink sy daaraan dat sy Japie nog nie vandag met 'n oog gesien het nie. "Waar is Japie? Wat het hulle met hom aangevang?"

"Ontspan, Vriendin, hy is saam met sy naaste bloedbroers, ook besig om klaar te maak. Hy is in goeie hande. Oom Jos is ook hier, Brandon het hom vanoggend gaan haal. Martha en ou Jafta ook, hulle maak klaar by Sanna se huis. Jy weet hierdie is vir hulle 'n baie groot dag!"

Almal is al uit die kamer uit, dit is net sy en Marissa. Mari kan sien iets pla vir Marissa, sy vat haar hand saggies. "Wat pla? Uit daarmee!"

Marissa sluk. "Oom Jos het een versoek, hy wil jou graag afgee, as hy mag? Hy weet jy het nie meer ouers nie, en hy wil nie dat jy dit alleen doen nie. Wat is jou antwoord?"

Mari laat sak haar kop in stilte. Weereens Vader, hoe geseënd is ek? "Marissa, vir seker is my antwoord ja. Hy is die oupa van hierdie drie lyfie liefies wat in my groei. Hulle eie oupa, ek sal dit nooit van hom kan weerhou nie."

Die tyd het aangebreek en die skuur is deur al die vriende bitter vinnig omskep in 'n prentjiemooi saal, rooi tapyt en al! Soos wat die gaste by die tafels sit, gaan die trouseremonie gedoen word lyk dit vir haar, maar sy gee nie om nie. sy is net met stomheid geslaan deur hoe geseënd sy en Japie is.

Pastoor se vrou maak seker Mari se rok, wat sy eintlik môre wou gebruik het vir die fotosessie in die veld, is netjies gedrapeer waar Mari staan voor die gemaakte kansel – wat bestaan uit twee ou oliedromme met 'n plank bo-oor en 'n mooi lap daarom gedrapeer. Alles waarvan sy hou, hoe meer geroes iets is, hoe meer karakter het dit vir haar en hoe meer stories vertel dit in haar opinie. Die tafels is versier met klippe uit die veld met veldblommetjies in ou glasbottels gesteek wat uit die skroothoop hier op die plaas herwin is. Marissa-hulle is al die vierde geslag wat hier boer, dus het die botteltjies baie karakter opgebou met die jare en sy is diep dankbaar dit dra by tot die storie van hulle mooi.

Japie staan in sy denimbroek, vellies en 'n kraakvars hemp wat sy beslis nie gekoop het nie. Sy sien die opgewondenheid in sy glimlag! Nie 'n traan te bespeur nie, net oorgrote glimlagte en dit maak haar hart bly.

Sy staan doodstil langs oom Jos terwyl die lied *The Prayer* van *Andrea Bocelli* en *Celine Dion* klaar speel. Dit is vir haar spesiaal, want sy vra dat die Here hulle sal lei op hul pad vorentoe. Dat Hy hulle sal lei met Sy wysheid, goedheid en guns.

Sy en oom Jos stap die paadjie rustig af, hy is ook al oud en loop met sy kierie, so sy stap stadig en drink net die geleentheid in, dit is regtig so kosbaar dat sy die gewyde oomblik en teerheid amper kan aanraak.

Oom Jos huil vreeslik toe hulle twee voor by die kansel tot stilstand kom. "Ag nee, my kindjie, hoe hartseer maak jy my nou. Ek wens ou Ethaltjie was hier om die dag te belewe. Ek het al van julle skooldae af gesê jy en Jaap hoort saam. Dit was haar grootste hartsbegeerte dat hy jou sal gaan soek na sy seer, en dat hy jou terugbring na waar jy hoort. Jy is my langverlore dogter en ek is dankbaar om vir jou 'n pa te mag wees."

En daar grens al wat mens is in die skuur, selfs die fotograaf moet eers grawe vir 'n snesie voor sy verder foto's kan neem.

Die formele aangeleenthede is nou verby en sy is amptelik mevrou Basson. Wow! Wat 'n lekker gevoel om te kan sê sy is mevrou Basson, Yup! Hierdie is 'n lang verlore droom wat sy diep begrawe het, weer gaan uitgrawe het, dit is afgestof en het nuwe lewe gekry... Drie nuwe hartjies wat klop. Sy besef net daar en dan weer dat dit honderd persent die handewerk van die Vader is wat weet wat Hy doen. Sy móés tannie Ann se huis gekoop het, en móés verdwaal het op die pad terug, anders het Japie nooit geweet sy is terug nie. Alles het uitgewerk presies soos dit moes.

Japie se ogies blink van liefde en sy sien sy ondeundheid raak. Sy sê niks, maar sy sien dit raak.

Hulle neem foto's saam met al hulle geliefdes en vriende, en gaan neem toe eers hul foto's in die veld soos oorspronklik bespreek is. Japie het alles saamgery sonder dat sy besef het dit is nie meer in die dogters se kaste nie! Praat van sneakiness! Die nuwe man van haar kan klas gee daarin lyk dit vir haar. Sy is saam met hom opgewonde oor die foto's, want sy dink dit gaan so mooi wees met die son se sak op die agtergrond. Haar roesrooi rok saam met haar vellies, want dit is al wat pas en gemaklik sit, geel veldblomme in haar hare wat los hang om haar gesig, sy dink sy lyk mooi.

Terug by die saal word hulle met 'n gejuig verwelkom en moet hulle sommer so met die instapslag die baan open. Sy is verbaas sy en Japie kry nog gedans, want sy voel enorm groot, maar weereens laat hy haar super klein voel deur haar so saggies te lei terwyl daardie donker oë van hom vir haar net weereens wys hy soek haar en niemand anders nie.

As die musiek ophou, wys hy vir haar hulle moet eers gaan sit, hy is so bang hierdie babas kom iets oor. Om een of ander rede dink hy hulle kan uitval ... Haar voete word omhoog gesit op 'n ander stoel en hy vryf haar voete sonder om te bloos. Hy steur hom nie eens aan die mense om hulle nie, hy fokus net op haar, dit is hulle twee se oomblik. Sy wil dit weereens bottel en bêre vir later.

Die aand is so lekker saam met almal om hulle, dit is 'n gelag en gesels en net vol soveel mooi. Oom Jos, nee pa Jos, is moeg sien sy.

"Kan ons pa na pa se kamer neem?" vra sy. Sy sien die trane in sy oë blink en sy weet dit is omdat sy hom "pa" noem.

"Ja, asseblief tog, my kind. Ek wil nou nie ongeskik wees nie, maar ek is nogal moeg."

Hoe gelukkig is sy dat oom Jos nou pa Jos geword het. Trane wil-wil haar ook oorweldig. Maar voor sy emosioneel raak, is Japie by haar. Hy hou haar saggies vas van agter en wieg haar heen en weer terwyl die ligte aandbriesie hulle afkoel. Sy staan en kyk na die saal se deure en sien net hoe geniet die mense – hulle mense – hulself en dankbaarheid vul haar hart.

Sondagoggend is sy vroeg op, weer begroet sy die sonsopkoms en die hoenders en ou Esau, die hand grootgemaakte donkie, wat so ewe kom beskuit bedel. Soveel vrede heers hier. Saligheid kom omvou jou en maak jou rustig en nederig en jy raak intens bewus van God se grootheid reg rondom jou. Jy as mens, kan nie anders as om stil te raak en te dink oor jou verlede, jou foute, jou seëninge, jou alles nie. Dankbaarheid kom sit grootvoet bo oor jou hart en jy kan nie anders as om net stil te raak en weer voor Hom te kniel en te bieg, "Here hier is ek" nie.

Sy hoor vir Japie wakker word. Sy wil graag vir hom koffie maak dat hy saam met haar op die stoep kan sit en die mooi indrink voor hulle terug dorp toe vertrek. Die wegbreek vakansie sal ongelukkig moet wag. Sy gee ook nie om nie, solank sy elke dag saam Japie kan wees, is sy tevrede.

Sy wil juis met hom gesels oor pa Jos, sy wil nie meer dat hy so alleen bly nie. Hy is ver van kranklik af, al wat neuk is sy gehoor, maar dit is nie gesond vir hom om so alleen te wees nie. Daar is meer as genoeg spasie, hulle kan vir hom 'n lieflike sonnige woonstel bou by haar/hulle huis in die dorp sodat sy 'n oog kan hou en Martha elke dag vir hom kook. Hy sal die geselskap geniet en hy sal houtwerk kan doen soos hy die krag of lus het.

Japie stem in dis 'n goeie plan, aangesien sy broer en skoonsus beslis nie gaan terugkeer van die Filippyne af nie, hulle is baie gelukkig daar en het daar reeds twee kinders aangeneem. Hulle het ook twee seuns van hul eie, Riaan en Stiaan. Presies 'n jaar uit mekaar gebore. Twee wilde manne. Nou het hulle 'n boetie Nemo en sussie Shilo bygekry. Die mooiste twee kinders, veral die dogtertjie is pragtig, vreeslik fyntjies met lang swart hare. Riana geniet die seuns baie, maar hierdie dogtertjie is haar lewe.

Japie bel sy broer, Johan, om hom in te lig oor hulle planne. Johan stem saam, dit is die beste keuse om sy pa nie meer alleen te laat woon nie. Hulle beplan om die komende Kersseisoen te kom kuier vir drie weke. Johan hou daarvan om op die plaas te kuier, maar hy het geen begeerte om te boer, óf om terug te keer na Suid-Afrika nie. As argitek geniet hy sy werk, die ontwerp van vakansiehuise in die Filippyne, net te veel. Geld is goed en hulle lewe sorgvry. Daar word streng opgetree teen geweld en misdaad. Hy weet sy vrou en kinders is veilig.

So is dit toe afgespreek dat pa Jos by Mari en Japie op die dorp gaan bly. Hy stribbel nie te veel nie, solank hy van die plante in sy tuin kan uithaal en by sy nuwe blyplekkie plant. Hy wil ook graag die bank op sy stoep behou, dit is waar hy en ma Ethal meeste van die tyd gesit het.

Die woonstel word in 'n rekordtyd gebou. Martha, Jafta en hulle span mense help pa Jos met die pakkery. 'n Klompie van die goed word weer aan die Moeggesukkel-projek geskenk, van die goed word verkoop, slegs die beste en nuutste word oorgeskuif na pa Jos se woonstel, sodat hy veilig en gerieflik kan lewe in sy nuwe tuiste. Die woonstel is toegerus met 'n sonkragstelsel, dis baie meer ekonomies vir hom as enkel persoon. Hy geniet om alles te ondersoek en uit te toets. Hy hou die meeste van die groot plasmaskerm TV. Hy kan nou in sy kamer ook TV kyk as hy voel hy wil nie opstaan nie. Slegs die beste vir pa Jos, want dit is al ouer wie hulle dan nou oor het.

Johan is innig dankbaar omdat Japie en Mari hulle oor hulle pa ontferm. Hy kan ook nie meer wag

om te kom kuier en alles uit te kyk nie, juis oor alles
so groen as moontlik gedoen is, en so vinnig, nog voor
die drieling gebore word!

Hoofstuk 9

Mari sit die oggend verwonderd in hul bed met haar hande op haar oorgrote ronde maag en dink terug aan die laaste paar maande. Mal, besige paar maande, met groot en onvoorsiene lewensveranderinge. Tog laat God weereens alles uitwerk soos Hy dit reeds lank terug bepaal en neergeskryf het.

Sonder waarskuwing kom 'n ontsettende naarheid oor haar en 'n kramp wat nie skietgee nie. Sy sukkel badkamer toe en vertoef 'n geruime tyd daar. Met moeite maak sy vir Japie wakker. "Japie, iets is nie reg nie. Ek weet nie mooi wat dit is nie, maar ek is tot die dood toe naar en die pyn gee nie skiet nie."

Japie skrik so groot, hy vlieg uit die bed en hol kar toe, sommer so in sy pajamabroek.

Hy storm die kamer weer binne, wit geskrik! Mari sit dood kalm en wag vir hom in die stoel met die sleutel nog in haar hand. Sy het reeds vir Martha gebel, die kom vroeër in om seker te maak pa Jos is versorg. Sy het aan haar dokter 'n WhatsApp gestuur. Dokter de Jongh sal haar by die spreekkamer kry.

Mari is vandag eers 35 weke swanger, die dokter wil kyk wat aangaan.

Japie is so windverwaaid, hy los die helfte van die sakke in die kamer, hy vergeet haar tas, hy trek aan maar het 'n blou en 'n groen sokkie aan.

O nee! Waar is haar man dan wat altyd so georganiseerd is en weet waar alles is? Wat moet sy met hierdie deurmekaar man maak? Sy het vir Marissa ook laat weet hoe sy voel. Marissa het dit eens dat sy eerder dokter toe moet gaan.

Hulle vertrek hospitaal toe nadat sy seker gemaak het alles is in die kar. By die dokter se spreekkamer sukkel sy met die trappies op na die tweede vloer, die hysbak is buite werking. Eintlik is sy is dankbaar, want sy voel vasgedruk in die hysbak. Sy stry nie, die trappe is 'n uitdaging, want sy voel-voel waar sy moet trap.

Die ontvangsdame se oë rek ekstra groot toe sy haar sien! "Jinne, maar die babas het omtrent gegroei, mev. Basson! Die skaal toon ook hier het 'n aansienlike groot verandering plaasgevind."

Sy weet dit al te goed, want sy sien dit en voel dit aan haar eie lyf, dankie! Sy voel soos 'n deksels walrus, nee 'n eend... Ag nee, sy weet nie meer nie, maar sy is tans deksels ongemaklik en sy is in pyn, dit raak nie erger nie en ook nie beter nie.

Dokter neem haar bloeddruk en is tevrede, ondersoek haar en haar oë rek ekstra groot. "Hmmm, verskoon my 'n oomblik."

Dit voel soos ure voor dokter Elize terug is in die ondersoekkamer. "Mevrou Basson, jy is aktief in kraam, reeds 5 cm ontsluit. Ek het gereël dat 'n portier jou kom haal en dadelik teater toe neem. Ek dink eerlik nie daar gaan tyd wees om julle voor te berei vir 'n keisersnee nie. Hierdie babas wil nie langer wag nie, hulle wil die wêreld sien. Voor die einde van vandag, is julle ouers.

"Ek kan ongelukkig nie doekies omdraai nie. Daar is risiko's verbonde indien jy normaal gaan kraam, maar die nodige dokters is reeds op 'n gereedheidsgrondslag, sou 'n keisersnee die enige uitweg blyk te wees, en die teaterspan is van die beste met wie ek werk. Ek verseker julle ek gee my alles om nie net die babas nie, maar vir mamma ook veilig te hou."

Japie en Mari kyk vir mekaar en voer 'n telepatiese gesprek van duisende woorde. Elkeen bid op hul eie en los nie mekaar se hande nie. Japie laat weet vir pa Jos wat die situasie is en dat hy nie gou sal huis toe kom nie, Martha weet sy moet sorg vir pa Jos se etes en Jafta weet hy moet vir Martha help. Hy sal huis toe kom so gou dit vir hom moontlik is.

Die portier is hier. Mari kry skaam om in die rolstoel gestoot te word, maar sy is dankbaar sy hoef nie te loop nie. Al wat sy weet is, sy het seer. Dit raak steeds nie erger nie, ook nie beter nie. Andersins voel sy regtig nie of sy in kraam is nie.

Die opname verloop seepglad. Terwyl Mari voorberei word vir die bevalling, kom dokter De Jongh ingestap. Almal moet uit. Sy ondersoek Mari om te sien hoe dinge vorder. Haar oë rek weer wild groot. "Mari, jy is vol ontsluit, is jy seker die pyne raak nie erger nie?"

Mari skud haar kop. "Nee, ek hét seer, maar dis steeds dieselfde pyn as toe ek hier aangekom het."

"Nou goed, vroutjie, ek gaan jou water breek, daarna gaan die kontraksies vinniger opmekaar volg en meer intens raak."

Maar niks, dit bly dieselfde. Japie vra ook kort-kort of sy seker is sy is okay? Sy verseker hom sy voel regtig goed.

Die verpleegpersoneel sit haar drup op en berei alles voor. Sy werk goed saam met die span en baba nommer een word gebore, sy weeg 2.15 kg.

'n Paar minute later word baba nommer twee gebore, sy het sommer so skree-skree gesê "hallo wêreld". Sy weeg 'n ronde 2 kg. En nog 'n paar minute later word baba nommer drie gebore. Sy het die fynste stemmetjie van almal. Sy weeg 1.95 kg en is die langste.

Chaos heers, want dis 'n geweeg, Agpar toetse, en wie weet wat nog alles. Almal "faff" oor haar, maar sy is rêrig okay. Sy voel net vreemd met haar heelwat platter maag. So leeg van binne. Alles het seepglad verloop en sy het gelukkig nie geskeur nie. Haar bloeddruk lyk goed en dokter laat haar effe regop sit.

Japie lyk soos 'n man wat die Lotto gewen het, sy glimlag sit reg amper rondom sy kop en 'n trotser pa kan jy nie kry nie. Hy neem net foto's en vergeet amper van Mari se bestaan. Sy los hom maar laat hy die oomblik geniet, sy is okay daarmee. Eintlik geniet sy die paar minute van rustigheid terwyl almal om die drieling kloek.

Sy kry uiteindelik kans om baba no een vas te hou. Sy kyk vir Japie en hulle stem saam dat Emma haar naam is. Sy het vir seker pappa se neus en sy het groot handjies. Baba no twee word op haar bors neergesit, en weereens weet hulle instinktief haar naam is Elé, sy het 'n fyn gesiggie met 'n sproet reg onder die regterogie, die een met 'n stem wat gehoor wil word! Baba no drie se beurt breek aan. Genade, sy is lank, haar naam is Ené. Al drie se hare is ewe rooi en daar is duidelike tekens van krulhare... Dit was sekerlik onafwendbaar.

Hulle is almal gebad en pappa Japie het gehelp. Hulle is so klein in sy groot hande, dit lyk vir haar vreemd. Hulle leer hom hoe om die kangaroo metode toe te pas, waar vroeggebore babas teen die mamma of pappa se kaal bors vasgehou word om hitte op te bou. Emma en Elé lê omtrent knus teen sy lyf, terwyl suster Bongi vir Mari leer hoe om Ené te borsvoed, aangesien dit Mari se eerste keer is wat sy borsvoed.

Almal drink goed. Dit voel so vreemd, tog so bevredigend om te weet sy kan dit wel doen. Sy sien Japie is trots op haar en dit alleen gee haar nog meer deursettingsvermoë om nie op te gee nie.

Hulle word oorval met oproepe, blomme en die drieling kry vreeslik baie geskenke ... alweer! Sy skud haar kop, want sy weet nie waar hulle dit gaan pak nie.

Oupa Jos kom die volgende oggend kuier met besoektyd. Mari is baie seker daarvan hy het sommer 'n ekstra huppel in sy stap. Hy wil hulle nie vashou nie, hy is bang hulle gaan breek, maar Japie oorreed hom om hulle vas te hou. Die oomblik is groot en sy is so dankbaar, die trane loop vanself.

Op die derde dag kry hulle die "all clear"; hulle mag huis toe. Mari is sommer hartseer om te dink sy gaan hierdie mense nie gou weer sien nie, want hemel weet, hulle was almal so goed vir haar en haar gesin. Sjoe ... haar gesin! Haar eie familie! Die oomblik is vir haar baie groot ... so spesiaal.

Dit is 'n paar rowwe nagte om in roetine te probeer kom met die drie babas se voedingstye. Japie is self ook dood moeg, maar hy staan elke keer op wanneer sy die babas versorg. Hy help winde uitvryf en ruil doeke. Dit lyk so vreemd, hierdie groot reus van 'n man wat werk met sulke klein lyfies. Hy werk so saggies met elkeen van hulle.

Marissa kom sit gereeld hand by en kloek omtrent oor die babas. Sy verstaan nie hoe ken hulle die drieling uitmekaar nie. Net Elé het 'n sproetvlekkie onder haar ogie, die ander twee is identies, geen vlekkie in die gesig om die uitken makliker te maak nie.

Japie het met 'n blink plan gekom om verskillende kleure lintjies met speldjies aan Emma en Ené se klere vas te speld en hulle soort van te "merk", want hulle raak lekker deurmekaar met die twee. Darem maak Elé dit vir hul 'n bietjie makliker.

Voor hulle weet, is die eerste maand verby. Hulle het genadiglik hulle ritme gevind en dit gaan met almal goed. Hulle is reeds besig om te beplan vir die ses weke opvolgbesoek. Mari het haar ou lyfie weer terug, maerder as toe sy hier aangekom het.

Japie kyk met ekstra honger oë na haar ... veral as sy die meisies om die beurt borsvoed. Hy kom staan agter die groot wiegstoel waarin sy sit en verwonder hom hoe wonderlik die Here 'n vrou gemaak het. Haar borste het glad nie hulle vorm verloor nie, inteendeel, hulle is ekstra volrond en sy weet hy begeer om hulle vas te hou. Sy weet hy hou van mooi borste ... nog altyd.

Tyd vlieg so vinnig, toe hulle sien is dit week ses en dokter De Jongh is tevrede met haar en met die drieling. Hulle moet weer kom op drie maande, net om hul groei te monitor.

Die meisies hou nie veel daarvan om in die kar te ry nie, almal huil flippen gelyk en dit is 'n mal dag verder. Hulle raak net nie rustig nie en so ook is hulle die hele nag omtrent moeilik.

Japie belowe hulle almal dat hulle nooit weer hoef vasgemaak te word in daai aaklige karstoeltjies nie. Mari skud haar kop, want hy maak die simpelste beloftes in 'n poging om sy dogtertjies te laat ophou huil. Tot ou Jafta het kom kyk hoekom is hierdie kinders van hom en Martha so ongelukkig.

Mari vermoed pa Jos het sy TV harder gesit, want gewoonlik kom kyk hy gou as hy sy meisiekinders hoor huil, maar hulle het hom nog nie gesien nie. Sy gaan ook nie karring nie, sy weet hy het nie nou krag vir drie skreeuende babas nie.

Die volgende oggend is die drie eers weer hulle ou self. Beide mamma en pappa lyk soos ou uitgewaste lappe en Japie trek sy woorde en gedagtes terug. Hy dink nie meer hulle moet sommer gou weer probeer nie. Goeie hemel, wat het hy gedink! Nee, laat hy nou eers hierdie drie groot kry, saam met sy sexy vrou wat hom liries gelukkig maak!

Voor hulle weet, het hulle die drie maande mylpaal bereik. Hoe hulle dit reggekry het, weet hulle nie, maar hulle vol lewe gaan volstoom aan. Die ongelooflike liefdevolle liefde maak passie tussen hulle twee is net nog meer intiem en intensief, en soveel beter. Sy het regtig nie geweet hy kan haar so laat voel nie, daar is oomblikke wat sy voel asof sy uit haar eie lyf gaan klim.

Hy het vir haar 'n stimulator ook aangeskaf, gits die ding is super intens, maar bring weer 'n ander element van genot in hulle huwelik. Daar is niks fout met hulle liefdeslewe nie, glad nie, dit bring net meer genot en beide geniet dit. Hulle erken hulle het nie geweet hulle gaan liefde maak so geniet nie. Japie spot en sê mos hulle het jare om in te haal ...

Vir haar is die lekkerste wanneer hulle klaar is en sy op sy bors kan lê en luister na sy hartklop. Dit is vir haar so mooi en so raak sy elke keer aan die slaap. Hy weet in die somer slaap sy nie met pajamas aan nie, hy het ook geleer dat daardie stukkie klere onnodig in die pad is. Sy gooi die ligte japon oor haar skouers as sy gaan voed, maar dit is dit. Sy voel elke keer na hulle liefde gemaak het so ongelooflik volkome vrou ... Sy weet nie of is sy mal nie, maar hemel weet, hy weet hoe om haar super goed te laat voel en sy is mal daaroor!

Hoofstuk 10

Hulle besluit om die drieling in te seën op die plaas, tesame met 'n ete vir hulle vriende en groot familie. Pastoor en sy vrou stem in daartoe. Dit het groot beplanning gekos om dit te laat gebeur, maar dit was 'n groot sukses en die drieling het hul so goed gedra. Beide is trots op hulle.

Deur die chaos kry Japie haar in die spens, gebukkend om nog bottels kwepers uit te haal. Hy laat hom nie twee keer nooi nie. Hy gryp haar vas en soen haar dat sy haarself daar en dan verloor in hom, die hele wêreld gaan staan vir haar stil. Sy vergeet vir 'n oomblik sy het 'n drieling wat sy borsvoed en gee totaal en al oor aan sy behoeftes. Weereens werk hy so saggies met haar, maar sy kan voel aan sy vasvat dat hy haar so gemis het.

Hy gryp haar vas om die heupe en nog voor sy weet, maak hulle twee liefde binne in die spens terwyl almal buite kuier. Sy kry 'n skaam blos om te dink sommerso, maar dan weer, dit is haar man en dit is hulle huis... Hy is vol selfvertroue en weet hulle twee is vir mekaar gemaak.

Beide van hulle kyk dat die ander een netjies vertoon voor hulle die spens suutjies op hul tone verlaat. Hy gee haar een laaste kyk en sy weet die gala is aan, daai kyk beteken hierdie was die begin van nog vele meer en dit maak haar nat van opgewondenheid. Kan die man haar nou so laat bloos? Sjoe, na soveel jare ... Ai, hy hou regtig haar hart in die holte van sy hande.

Die drieling is nege maande oud en het begin om te kruip. Alles wat vir hulle gevaar kan inhou is weggepak, want hulle het begin om hulleself teen alles op te trek. Sy borsvoed nog, maar hulle het begin rooibos tee drink en eet vaste kos ook. Hulle rek soos paddastoele! Hulle het elkeen net een tandjie en selfs die tande sny gaan sonder enige moeilikheid tot dusver.

Martha en Jafta is regte staatmakers en oupa Jos leef sy droom lewe. Hy het vir hulle 'n groot pophuis gebou met 'n popbed en elke ding. Die pophuis het regte gordyne en is groot genoeg vir hulle om daar in te klim en lekker te speel. Martha het weereens hand bygesit met die maak van die gordyne en sogenaamde linne vir die bed. Alles is super klein, maar so na aan die ware jakob, jy moet jouself knyp om te besef jy is eintlik in 'n pophuis. Oupa Jos wil nog 'n tuintjie om die huis maak met kitsgras en plastiekblomme. Hy het sy lys vir aankope vir haar gegee vir as sy dalk weer na die buurdorp ry. Hulle ou winkeltjies hier het nie wat hy soek nie.

Ené is besonders erg oor oupa Jos. Elé weer oor haar pa en Emma oor Marhta. Almal is erg oor hul mamma, maar hulle het 'n gevonde liefde vir elkeen van hierdie mense.

Dis nou sewe weke na die inseën op die plaas en sonder enige waarskuwing, begin Japie siek raak. Hy is konstant naar en gooi op, geen medisyne werk nie. Niemand anders makeer iets nie, net hy is siek. Na 'n week raak dit steeds nie beter nie. Hy gril tot vir water. Uit moedeloosheid gaan hy dokter toe...

Pleks sit Mari twee en twee bymekaar, maar sy het wragtig nie gedink dit is moontlik nie. Die twee blou strepies glimlag al te duidelik vir haar ... alweer! Toe Japie instap, kry hy net die toets op die kombuistoonbank met 'n tjoklit en die woorde: *Ek is jammer.*

Sy en die meisiekinders is nêrens te vinde nie, die huis is grafstil. Japie wil amper mal raak van bekommernis, want die kar is daar, maar hulle is skoonveld. Tot hy by pa Jos 'n draai gaan maak. Hy hoor die skaterlag en gesels en hy gaan van dankbaarheid doodstil staan in die deur.

Die Here het hom na soveel jare van seer en alleenwees geseën met 'n mooi vrou, drie gesonde dogters, sy pa bly hier by hulle, en weer seën Hy hulle met nog 'n baba. Of dalk twee ... maar wie is hy om te wil kla? Die Here weet wat Hy doen en hoekom Hy dit laat gebeur soos nou.

Hy wat Japie is, raak stil skaam voor sy Vader. Hy klop saggies en pa Jos nooi hom binne. Sonder dat Japie iets hoef te sê, skud pa Jos sy hand en wens hom geluk. Sy oog vang Mari se oog en hy sien sy het gehuil. Hy wil nie hê sy moet huil nie, hy voel nou baie sleg. Hy wil nie dat hulle baklei nie. Dit krap sy gemoed om.

Die volgende oggend skakel hy self die ginekoloog en verduidelik aan haar hoe hy voel. Sy het 'n kansellasie en kan hulle om elfuur sien. Hy bevestig met haar die afspraak en vra vir Mari om klaar te maak.

Pa Jos en Martha stem in om die drieling op te pas.

Japie dink dit is hoog tyd vir hom en Mari om bietjie alleen te wees. Hierdie was nou 'n paar deurmekaar dae...

Hulle is by die spreekkamer en Mari ken darem die roetine. Japie is ook meer bekend met die prosedure en is nie meer so op sy senuwees nie. Alles lyk goed. Hulle hou die sonarskerm dop terwyl die sonar gedoen word. Jou wrintie waar, daar is sowaar weer twee hartkloppe!

Daar heers 'n oomblik van doodse stilte en dokter De Jongh gee hulle 'n paar minute om alleen te wees. Beide kyk vir mekaar en trane van dankbaarheid vloei soos twee oop krane. Kan hulle werklik weer 'n keer so geseën word? Weereens 'n identiese tweeling?

Dokter kom in en alles verloop soos met die eerste besoek. Hulle is vreeslik aangedaan en besluit om die middag weer net iets ligs te geniet en die tyd saam te waardeer, want alleentyd is deesdae beperk tot die minimum. Dus geniet hulle die middag se stil samesyn en altwee besef gelyke tyd dat alles gebeur soos dit moet.

Hulle spot daaroor of dit hierdie keer twee rooikopseuns, of weer dogtertjies gaan wees. Hulle is vir mekaar gespaar reeds vir 'n tyd soos nou. Beide van hulle weet hulle band met mekaar is die sterkste ooit, en hulle besef hulle het 'n Hoërhand om te bedank vir die pad wat gestap is tot nou.

Geagte Leser,

Ons hoop dat u ons boek geniet het en dit boeiend gevind het. U terugvoer is baie belangrik vir ons en vir toekomstige lesers.

Ons sal dit baie waardeer as u 'n paar oomblikke kan neem om 'n resensie op Amazon te skryf. U mening help ander om ingeligte besluite te neem en dit help ons om beter te verstaan wat ons lesers waardeer.

Baie dankie vir u ondersteuning!

Vriendelike groete,
Die Malherbe Span

www.ingramcontent.com/pod-product-compliance
Lightning Source LLC
Chambersburg PA
CBHW070806120626
46557CB00002B/729